ARC-SUR-TILLE

LA RÉVOLUTION
1789-1802

PAR Noel Garnier

PROVISEUR HONORAIRE, AGRÉGÉ D'HISTOIRE, MEMBRE CORRESPONDANT

DE LA COMMISSION DES ANTIQUITÉS DE LA COTE-D'OR,

MEMBRE DE LA SOCIÉTÉ BOURGUIGNONNE.

DE GÉOGRAPHIE ET D'HISTOIRE.

LIBRAIRIE VENOT

PLACE D'ARMES. — DIJON

1913

ARC-SUR-TILLE

ARC-SUR-TILLE

LA RÉVOLUTION
1789-1802

PAR Noel Garnier

PROVISEUR HONORAIRE, AGRÉGÉ D'HISTOIRE, MEMBRE CORRESPONDANT

DE LA COMMISSION DES ANTIQUITÉS DE LA COTE-D'OR.

MEMBRE DE LA SOCIÉTÉ BOURGUIGNONNE

DE GÉOGRAPHIE ET D'HISTOIRE.

LIBRAIRIE VENOT

PLACE D'ARMES. — DIJON

1913

AUX HABITANTS D'ARC-SUR-TILLE

MES CHERS COMPATRIOTES,

C'est à vous que je dédie ce petit livre. J'ai voulu consacrer mes derniers loisirs à vous faire connaître l'histoire de notre petite patrie ; il m'a semblé que c'était une œuvre pieuse que j'entreprenais en vous rappelant les noms et les actes de ceux qui nous ont précédés sur ce petit coin de terre où nous sommes nés et que nous aimons.

Mon récit n'est pas un travail scientifique ; aussi je ne l'ai pas surchargé des références que l'on trouve d'habitude dans les études historiques. Cependant je tiens à vous affirmer que je n'ai pas avancé un seul fait sans l'avoir trouvé dans les documents du temps : les archives d'Arc-sur-Tille, la série D principalement, les séries G, Q et surtout L des archives de la Côte-d'Or m'ont fourni presque tous les faits que je cite ; et quand un fait est simplement traditionnel, je l'ai dit.

Je me propose de continuer ces études sur notre village. Aussi je fais un appel à tous ceux qui pourraient avoir des documents sur le passé, ou qui connaîtraient par tradition des faits de l'histoire de notre village. Je leur demande de me les communiquer, afin que je puisse les citer dans des publications ultérieures.

Arc-sur-Tille, 1er Mars 1913.

I

Situation et aspect d'Arc-sur-Tille
a la fin du XVIIIᵉ siècle.

Comme situation générale, Arc-sur-Tille, avant
la Révolution, différait peu du village d'aujourd'hui.
Le château ruiné par Gallas en 1636 avait été détruit et les débris en avaient été vendus. Il ne restait plus qu'une tour qui disparut à la fin du XVIIIᵉ
siècle (1).

La grande route existait telle qu'elle est maintenant. Etablie en 1614 pour remplacer la *vieille levée*, puis ruinée par les eaux, elle avait été refaite
entièrement en 1698, élargie en 1753 et 1754, et les

(1) Le château avait été en partie reconstruit par le maréchal Gas-
pard de Tavanes au XVIᵉ siècle. Les bâtiments formaient un quadrilatère,
avec façade principale du côté du village. A trois des angles, s'élevait
une tour carrée ; la quatrième tour à l'angle nord-est, était ronde :
c'était le donjon surmonté d'une girouette aux armes de Saulx-Tavanes.
(*Voir une vue à vol d'oiseau du village et du château en 1610
par Edouardus, archives de la Côte-d'Or* (C. 2819). Le château était du
style de la Renaissance ; les murs, au moins à la base, étaient en bossages. Les bossages de la dernière tour probablement ont servi à la construction du mur de l'enclos qui est bordé par la Tille et la grande route
au-delà du pont du château ; ce mur a été élevé par Calignon en 1796.
Des fossés remplis d'eau entouraient le château où l'on entrait par un
pont-levis. Je pense qu'une maison de la rue du Moulins-Lajus, appartenant à M. Poinsot, a été construite avec les débris du château : les
sculptures de la Renaissance qu'elle renferme à l'intérieur : débris de
pilastres, de frises, corbeaux, etc., ne peuvent provenir que de là.

ponts en pierre de Gourmerault, de la Charrière-Caillet et de la Fosse à la Femme avaient été construits en 1786 ; le déchargeoir de la grande Tille, aujourd'hui détruit, était de 1771.

L'ancienne levée a laissé quelques traces encore visibles entre le pont neuf de Gourmerault, où elle se raccorde avec la rue du Moulin-Lajus, et la Norge, la rivière de Couternon. La rue du Moulin-Lajus (1) aboutissait à un gué sur la rivière de Gourmerault ; ensuite commençait la vieille levée qui longeait les propriétés de MM. Patouillet et Tonnot, puis tournait à l'ouest, suivait les prés de M. Nicolardot traversait par un gué la rivière de la charrière Caillet et venait finir à la Norge sur le territoire du Couternon pour continuer au-delà sur Varois et Dijon. On la retrouve encore à Arc-sur-Tille sous ce nom de Vieille Levée, et, sur Couternon, dans les propriétés de M. le Comte de

---

(1) Le moulin Lajus ou d'en bas, ainsi nommé par opposition au moulin Lassus ou d'en haut, était situé dans le clos Timbal ou Curtibaud, assez éloigné de la Tille aujourd'hui. Mais alors les Tilles ne ressemblaient en rien à ce que nous voyons maintenant. Les bras irréguliers et tortueux qui les formaient et qu'on nommait la noue de Menessard, la rivière des Frayaux, le Vel des Paux, la rivière des Vays, etc... s'épanchaient entre le village et le bois d'Arcelot avec une direction nord-est à sud ouest, et aboutissaient à un immense marécage situé entre la rivière de la Charrière-Caillet et la Norge. Il fallait des bateaux pour permettre aux voitures et aux piétons de traverser ce marécage. Il existait aussi un chemin qu'on appelait le chemin des *Grandes-Planches* ; il était formé d'une série de planches jetées sur les bras et les flaques d'eau. Faut-il le confondre avec la vieille levée dont il n'aurait été qu'une partie ? Ou n'était-ce pas un chemin de piétons peu sûr au moment des grandes eaux à cause de la mobilité des planches ? Des documents nous apprennent en effet que souvent des voyageurs, ne voulant pas payer pour passer le marécage en bateau, se noyaient en prenant le chemin des *égarées*.

Nous verrions volontiers dans l'appellation Clos Timbal une corruption de Curtibaud, ou Corthibald, la cour ou ferme de Thibault. *cortem Theobaldi;* comme *Cortem Bettonis,* Corbeton, *Cortem Arnulphi,* Cotarnoul ou Couternon.

Garnier des Garets, elle est presque intacte : on y voit la chaussée et les deux fossés des accotements sur une assez grande longueur.

Le village comprenait comme aujourd'hui le village proprement dit, le pays, comme l'appellent les habitants, avec ses annexes ou faubourgs, la Guillotière, la rue du Moulin-Lajus et le Carron, et la Cras ou la Craye. Les noms des rues n'ont guère varié ; cependant la rue au Lard a pris récemment le nom du docteur Tarnier, un bienfaiteur du village ; la rue du Four (1) et la rue du moulin forment maintenant la rue de l'Eglise, et on nomme plutôt rue de Dijon la rue qui s'était appelée d'abord rue du Vieux Cimetière, puis rue de la Belle-Croix. La croix qui lui valait ce nom s'élevait en face de la croix actuelle, sur le petit pâquier qui sépare la rue de la Belle-Croix de la rue Roulotte. C'était probablement la croix même du vieux cimetière. Le vieux cimetière remontait sans doute à l'origine du village, car, à plusieurs reprises, on a trouvé aux alentours de l'ancienne croix des vestiges mérovingiens. M. Bourgeot, plâtrier, (maison Badier) avait trouvé deux scramsax ou épées en creusant un trou à chaux ; M. Simon Picard (maison Perdry) y a trouvé des scramsax, un curieux umbo de bouclier, des vases en terre ou en verre ; tout a été détruit ou vendu, mais j'ai vu moi-même une partie de ces objets, ainsi qu'une boucle de ceinture en bronze trouvée dans la gendarmerie. Ces fouilles irrégulièrement faites décèlent un

(1) On l'appelait aussi rue du Four bas ou du Four de la Cras, par opposition à l'autre four banal ou four de la Rigole.

cimetière mérovingien. Où était exactement le cimetière plus moderne ? Nous l'ignorons, mais il
devait se trouver en partie sur la rue actuelle, dans
l'enclos de M. Joudrier et dans le terrain qui y
fait suite et qui, jusqu'à la Révolution, a appartenu
à la cure (1). L'église était aussi dans ces parages,
avant d'être transportée en 1485 à la place ou s'élève
l'église actuelle. La cure donnait sur la rue Roulotte ; elle était bâtie dans le jardin potager de Madame Mansion, et, dans le terrier de 1787, une vieille
maison presque ruinée qui se trouvait en ce lieu,
est encore désignée sous le nom de vieille cure,
quoique appartenant à divers particuliers.

Si la situation du village et la disposition des
rues ont peu changé, l'aspect même du village est
bien différent. L'église, la cure, la maison commune
sont de construction récente, ainsi que la plupart
des maisons. Les maisons étaient alors couvertes
en chaume et en partie bâties en torchis ; les toits
couverts de mousse et d'un vert gai en hiver, des-
cendaient presque jusqu'au sol, au moins par l'un
des gouttereaux. Le champ de foire allait de la
Tille au jardin de M. Duvernet, qui longe l'hôtel
Perrin, non encore construit. Ce vaste espace était
limité au sud par la tannerie que Claude Clémence
avait établie en 1768 sur un terrain vendu par la
communauté ; la Rigole toute béante le coupait au
milieu ; une petite levée de 2 toises de large suivait

(1) En 1912, deux squelettes ont été trouvés dans la cave de M.
Mavoir, ce qui semble indiquer que le cimetière occupait tout cet emplacement. D'ailleurs d'après un extrait d'un terrier, daté de 1787,
le pourpris de la maison Richard (aujourd'hui Mavoir) comprenait au sud
un demi-journal provenant de l'ancienne cure.

la Tille ; cette levée très ancienne appartenait autrefois en commun aux deux châteaux, puis aux Saulx-Tavanes seuls, quand il n'y eut plus qu'un seigneur ; elle débouchait sur le pâquier devant l'Eglise et servait exclusivement aux gens du château ; elle avait fait place à une digue destinée à contenir les eaux de la rivière. Les maisons et les jardins qui bordent la Tille n'existaient pas encore, pas plus que les maisons Dumarcel, Badier et l'hôtel Perrin. Ce grand terrain appartenait à la communauté et se nommait le Pâquier Lassus. On l'appela le Champ de foire, quand M. le Duc de Saulx eut obtenu en 1760 la création de quatre foires. Elles se tinrent tout d'abord au pâquier de Chézeaux, puis furent transportées bientôt au Paquier Lassus devant le Château. C'est au moment même de la Révolution qu'Andriot bâtit près de la Tille la maison qui fut reconstruite par Tamisier pour en faire une auberge. A la même époque fut bâtie la maison Dumarcel et en 1793, Claude Clerc, boulanger, acheta le terrain où il bâtit sa boulangerie et une auberge, puis plus tard les écuries : c'est aujourd'hui l'hôtel Perrin. La maison Duvernet était l'auberge du Lion d'or, tenue par la veuve Verrey. La grande maison où habitent les demoiselles Jougant formait avec ses dépendances l'auberge Saint-André. On arrivait au champ de foire par les avenues actuelles et par deux passages qui ont disparu depuis. L'un, partant de la Ruelle, traversait la propriété de M. le Commandant Mongin où habitait alors François Braud, et se réunissait à l'autre qui longeait le mur de la propriété Mavoir.

La gendarmerie était la maison de campagne d'un marchand de Dijon nommé Coillot qui allait la vendre à Mlle Madénié ; la maison voisine appartenait à M. Jacques Richard. A quelques pas plus loin, la maison de Mme Mansion appartenait à Mme Perrin, veuve d'un conseiller au Parlement ; les Perrin avaient été baillis d'Arc-sur-Tille. Calignon venait de remplacer Jacquemard comme fermier principal de la seigneurie d'Arc-sur-Tille ; Marchant, qu'on appelait M. de Corbeton ou Corbeton tout court, était depuis quelque temps déjà propriétaire du fief de Corbeton ; Jacquemard avait acquis la maison qui appartient maintenant à M. Clerget-Ruelle, et le notaire Joannet allait acheter la maison de Claude Clémence et y transporter son étude. Enfin Madénié, arrivé depuis peu à Arc, allait y construire sa maison de l'autre côté de la Tille.

La plupart des noms que nous venons de donner sont ceux des personnalités importantes du village, celles qui, avec le curé, l'abbé Terguet, et quelques autres encore, vont jouer un rôle prépondérant pendant la Révolution.

L'abbé Terguet, après avoir été vicaire d'Arc-sur-Tille, où il était né en 1740, était devenu curé en 1762 ; il était fils de Louis Terguet, chirurgien et greffier de la justice d'Arc-sur-Tille.

Tel est le cadre où vont se passer les événements que nous allons raconter.

II

Etat économique et moral d'Arc-sur-Tille
a la fin du XVIIIe siècle.

Arc-sur-Tille n'avait aucune industrie en dehors
des industries agricoles : charron, maréchal, menui-
sier, bourrelier, charpentier, maçon, etc. Il y avait
pourtant une tuilerie au hameau de Forêt (on disait
Fourée) et de nombreux tisserands tissaient ces
toiles inusables qu'on trouve encore dans quelques
ménages et des droguets de non moindre durée. La
tannerie établie par Clémence n'avait pas prospéré.
Il y avait eu autrefois une aciérie à Corbeton et on
avait exploité une carrière de marbre, dit marbre
d'Arc-sur-Tille, mais sise en réalité sur le territoire
de Belleneuve.

Le pays était donc surtout agricole et produisait
du blé et du seigle servant à la nourriture des habitants qui allaient les moudre au moulin banal et
les cuire à l'un des fours banaux de la Rigole ou de
la Cras, (1). On cultivait aussi beaucoup de che-
nevière.

---

(1) Au moment de la Révolution, les fours banaux n'existaient plus.
L'un, le four de la Rigole, était aussi appelé le four Notre-Dame, sans
doute parce qu'il appartenait à la chapelle Notre-Dame, fondée en 1400

Le village avait deux troupeaux de vaches de plus
de mille bêtes, conduits par deux pâtres : le troupeau de la Roulotte et le troupeau de la Rigole ;
un troisième pâtre conduisait les moutons dont la
laine servait avec le fil de chanvre à la fabrication
des droguets. Nous trouvons même dans les documents du XVIIIe siècle qu'il y avait un quatrième
troupeau : un troupeau de cochons, et le plus souvent c'est une femme qui en a la garde. Mais déjà
les troupeaux avaient diminué et ils allaient dimi-
nuer encore.

L'ingénieur Saunac venait en effet de dessécher
le marais de la Tille, en creusant les canaux qui
sillonnent la plaine d'Arc-sur-Tille. Ces travaux de
dessèchement avaient rendu bien des terres à la
culture, mais ruiné les prés où se nourrissait le bétail. Dans le même moment, les états de Bourgogne établissaient la route qui coupe le bois d'Arcelot : les eaux venant du nord étaient rejetées du
côté de la grande Tille actuelle (1), tandis que le
marquis d'Arcelot réunissait les eaux d'amont pour
les amener à son moulin. La grande Tille devint

par Jean de Gand, seigneur en partie d'Arc-sur-Tille. Détruit par Gallas,
il a sans doute disparu par rachat, mais nous n'avons pu trouver la date
de ce rachat. Le four de la Cras a existé jusqu'en 1706 ; à cette date,
il fut brûlé et les habitants obtinrent de Madame de Saulx alors tutrice
de ses enfants qu'il fut supprimé. Ils durent payer en échange chaque
année une mesure de blé pour les cultivateurs et une demi-mesure pour
les manouvriers.

(1) Nous disons la grande Tille *actuelle*, car avant tous ces travaux
la grande Tille, la vraie Tille, était la Tille de Gourmerault,
nommée alors la *Grande Rivière* ; elle venait d'Arcelot ; c'est
la grande Tille actuelle, mais, un peu plus bas que le déchargeoir ruiné,
elle obliquait vers l'ouest, traversait le climat de Menessard en rejoi-
gnant la rivière de Gourmerault qui était plus rapprochée du village
qu'aujourd'hui.

insuffisante au débit de tant d'eaux et des inonda-
tions périodiques vont pendant plusieurs années
jeter le trouble dans le quartier de la Rigole surtout.

Les forêts commençaient à se défricher : les
Bois-Bas avaient été essartés de 1754 à 1757 ; d'autres bois, broussailles ou friches avaient subi le
même sort ; mais les grandes forêts de l'est existaient encore et ne devaient disparaître qu'au XIXᵉ
siècle pour faire place aux terres cultivées de Forêt
et aux fermes de Tavanes, de l'Etang-Mailly et du
Petit-Lamblin. Ces forêts considérables devaient,
sous l'empire, servir de refuge à de nombreux dé-
serteurs.

Les dernières années du XVIIIᵉ siècle avaient été
très agitées à Arc-sur-Tille. Les travaux exécutés
par Saunac n'étaient pas du goût de tout le monde :
bien des habitants regrettaient la ruine de leurs
prés. Ce desséchement avait pourtant assaini une
région empestée par les marais, mais il avait été
exécuté sans mesure.

Mérandet, lieutenan. en la justice d'Arc-sur-Tille,
écrit au duc de Saulx-Tavanes le 27 août 1762 :

« La dernière chose que je crois devoir vous mar-
quer est que les beaux erremens de M. Lapoix et
l'ignorance crasse de M. Saunac (1) ruinent vos habitants. Il y aura cette année plus de 200 soitures
de pré dans lesquelles on ne mettra pas la faux. Il
y avait avant les canaux qu'on a faits dans cette
terre, des marais, mais ils produisaient de l'herbe ;

---

(1) L'ingénieur (M. Saunac) et l'entrepreneur (M. Lapoix) du dessèchement des marais.

le mille à douze cents bêtes à cornes qu'il y a dans le village vivaient dans ces marais ; aujourd'hui que les eaux ont creusé ces canaux six à sept pieds plus bas que le sol de ces prés, ils ne produisent absolument plus d'herbes, ny de grains pour ceux qui ont voulu les conserver en terres, par la raison que ce sol n'est qu'une terre noire et sallée qui en bien des endroits ne couvre que trois ou quatre pouces d'épaisseur le sable et que le soleil brûle entièrement »

Mérandet exagérait, mais il n'en est pas moins vrai que ce dessèchement excessif produisait alors et produit encore aujourd'hui un véritable malaise. C'était une source de mécontentements, mais ce n'était pas la seule.

Arc-sur-Tille avait appartenu autrefois à plusieurs Seigneurs, mais les Saulx-Tavanes avaient réuni toute la seigneurie sous leur dépendance. Or, depuis que leur château avait été brûlé par Gallas, ils résidaient rarement à Arc-sur-Tille : ils habitaient Paris et parfois en été le château de Lux. La terre d'Arc était donc abandonnée au fermier et à des employés inférieurs. Aussi s'y commettait-il de nombreux abus. Le même Mérandet écrivait encore :

« L'on mène dans votre château une vie non seulement scandaleuse, mais encore abominable, au point que si j'avais été instruit à temps de ce qui s'est passé au commencement du mois de mars dernier, j'aurais été obligé d'instruire un procès criminel qui conduit à la potence le sieur Pelley et une créature qu'il avait dans ce château, laquelle il a rendu enceinte, qui y accoucha d'un enfant qu'elle a dit être mort, lorsqu'elle le mit au monde et qui a été enterré quelque part dans le château. Cette créature a disparu, mais j'ai vu encore dans ce château quatre ou cinq comtoises dont l'une couche habituellement dans la même chambre que le régisseur qui est un vieux garçon. C'est un scandal pour la paroisse et c'est la raison pour laquelle M. le Curé (1) d'Arc-sur-Tille n'entre plus au château. »

Il lui parle ensuite de la mauvaise administration du fermier Huvelin qui, par des sous-baux onéreux, ruine les pauvres habitants. Ceux-ci se plaignaient d'ailleurs des abus de tout genre commis au château, mais profitaient eux-mêmes à leur façon de l'absence du seigneur. Nous pouvons en juger par les reproches que leur adresse le procureur d'office aux séances des Grands Jours qui sont tenus chaque année à Arc-sur-Tille, reproches qui se renouvellent périodiquement. Les habitants « ne cessent de fréquenter les cabarets, de chasser et routtir toute sorte de gibiers de poil et de plume et mesme dans les bois, de se retourner leurs héritages l'un l'autre, de faire du scandal dans les rues. » Le bailli de son côté les somme « d'avoir une vie plus régulière, de payer régulièrement leurs cens, de tenir propres leurs cheminées pour éviter les incendies, de ne pas encombrer les chemins devant leurs maisons, de ne pas y déposer leurs fumiers, de ne pas se réunir en assemblées sans l'autorisation du seigneur, de ne pas fumer leurs pipes dans les rues, de ne pas confier du feu aux enfants (2). »

(1) C'était alors M. Bizot, prédécesseur de M. Terguet.

(2) Les allumettes n'étaient pas encore inventées ; il fallait allumer le feu en battant le briquet, ou ce qui était plus commode, aller en deman-

A ces prescriptions qui montrent certains abus on peut ajouter que les habitants pêchaient en con trebande, pillaient les bois du seigneur, et ne se soumettaient pas volontiers aux ordres qu'ils recevaient de lui.

D'ailleurs ils trouvaient très onéreux les droits que le seigneur exerçait sur eux.

Le duc de Saulx-Tavanes avait le droit de haute, moyenne et basse justice, c'est-à-dire que c'est lui, par son bailli ou le lieutenant du bailli, qui exerçait la justice au village, sauf bien entendu appel au Parlement de Bourgogne et même au Conseil du roi. Comme marque de ce droit « le signe patibulaire est étendu à deux colonnes garnies de bracelets, potences et autres choses à ce partenant, près le grand chemin tirant dudit Arc à Belleneuve (1) ».

Cette potence s'élevait en Chatain, au lieu dit qu'on appelle à cause de cela *Les Fourches*.

Un pilori se dressait aussi à l'extrémité de la rue Roulotte « pour mettre, punir et corriger les délinquans, lequel est près et joignant à la maison qui souloit appartenir à fut *(feu)* Noël de Saint-Denis » ; c'est la maison qui appartient aujourd'hui à M. Hervieux.

Les habitants devaient la dîme de treize gerbes une, du côté de Dijon jusqu'à la Tille, et de douze gerbes une, au-delà de la Tille. Le chanvre, les pois, fèves, lentilles étaient aussi dîmés. Dans certains cantons, la dîme était au curé.

der aux voisins qui avaient su le conserver. Les enfants étaient trop souvent chargés de ce soin, au risque des incendies que leur inexpérience et leur imprudence pouvaient causer.

(1) Terrier de 1556.

Ils devaient en outre un cens annuel sur leurs terres (2 sous à 2 sous 1/2 par journal), des droits de lods et vente (2 sous par livre), une poule par feu, de la cire ; les attelages de bœufs devaient six corvées, ceux de chevaux, deux. La corvée durait du lever du soleil à midi ; la journée entière comptait pour deux corvées ; le corvéable et ses bêtes étaient nourris par le seigneur. Les manouvriers, hommes et femmes, devaient chacun une corvée, c'est-à-dire deux corvées par ménage. Le blé devait être moulu au moulin banal avec paiement d'une mesure sur vingt quatre ; le pain était cuit au four banal moyennant paiement d'un pain sur vingt ; mais les laboureurs pouvaient se racheter de ce dernier droit en payant un boisseau de blé, et les manouvriers et les veuves en payant un demi-boisseau (1).

A tous ces droits et à d'autres qui ne sont pas énumérés, il faut ajouter ce qui était dû au roi, impôts directs et impôts indirects, taille, gabelle, droits sur les boissons, etc.

On comprend quelle charge écrasante pesait sur les habitants, mais avec quel crève-cœur ils la subissaient. Deux faits nouveaux allaient faire éclater leur colère et leur faire accueillir la révolution avec joie.

Ils étaient gens de poété, c'est-à-dire que le seigneur avait sur eux le droit d'indire. Ce droit s'exerçait dans quatre cas, quand le seigneur était fait chevalier, quand il partait pour la croisade, quand il mariait son fils aîné ou, quand il était prisonnier,

(1) Nous avons vu que ce droit avait été définitivement racheté en 1706.

pour payer sa rançon. En 1874, M. de Saulx-Tavanes fut créé chevalier du Saint-Esprit, et il voulut user de son droit d'indire que ses prédécesseurs
n'avaient jamais cru devoir exercer. Aussi les habitants refusèrent-ils de le payer, quoique les huit
autres communautés dépendant de M. de Saulx s'y
fussent soumises. Le droit d'indire consistait dans
le doublement des droits seigneuriaux. Le 16 novembre 1786, une sentence du baillage condamna les
habitants qui en appelèrent au parlement où ils devaient encore être condamnés.

Au même moment, le duc voulut faire renouveler
son terrier qui n'avait pas été revu depuis 1556. Il
somma les habitants en la personne de Simon
Meulnotte, leur syndic, de se réunir le dimanche 7
octobre 1787, sur la place de l'Eglise, à l'issue de la
grand'messe pour reconnaître ses droits.

Les habitants protestent ; ils réclament du temps
pour s'enquérir de leurs droits et de ceux du seigneur et demandent que le terrier soit mis à leur
disposition pour le faire étudier par leur avocat.

Le seigneur leur fit une nouvelle sommation qui
montre bien quelle tension existait entre le château
et le village :

« Imaginent-ils en imposer au seigneur, disait-il,
au point de le persuader que le nouveau délai qu'ils
demandent n'est pas la suite des tracasseries qu'il
a éprouvé de leur part dans tous les temps ? Croient-
ils aussi qu'il ignore qu'il ne s'agit ici que de reconnaître des droits consignés dans des terriers en
bonne forme, dont l'exercice n'a jamais été inter-
rompu et non par des droits insolites et jusqu'alors
inconnus. » C'est donc une simple comparaison à

faire et il suffit de quelques instants pour y arriver.
Aussi le seigneur pourrait-il repousser leur demande ; « mais désirant leur prouver qu'il est trop noble et trop généreux pour se venger de leurs mauvais procédés... il leur déclare qu'il consent à laisser le terrier en dépôt au greffe du bailliage de Dijon
jusqu'au 4 novembre prochain. »

Les habitants se réunirent en effet le 4 novembre
et reconnurent les droits du seigneur.

Avant d'énumérer d'autres griefs des habitants,
disons un mot de leurs assemblées.

Elles se tenaient près de la croix et sous le chêne
qui étaient sur la place de l'Église ; elles ne pouvaient se tenir sans l'autorisation du seigneur qui
s'y faisait représenter. Elles étaient publiées le dimanche précédent au prône de la messe et la cloche
annonçait l'heure de la réunion. Là, les habitants
débattaient leurs intérêts et faisaient eux-mêmes ce
que fait aujourd'hui le conseil municipal. On devait
assister à ces assemblées générales sous peine d'une
amende de 3 livres 5 sols pour les absents. Mais on
comprend combien il est difficile de traiter une affaire dans une assemblée aussi nombreuse. Aussi
en 1754, les habitants obtinrent d'être représentés
par huit auditeurs qu'ils élurent. Nous n'avons pas
les noms de ces huit élus. En 1765, ils en nommèrent
19, y compris les 2 syndics de la communauté.
On peut dire que ces 19 délégués ont formé le premier conseil municipal d'Arc-sur-Tille et leurs noms
méritent d'être cités :

Pierre Delvaux, substitut du procureur fiscal.
Barthélemy Guilleminot, greffier.
Jean Lerouge, notaire.

André Clopin.

Martin Devienne.

Claude Bourrelier.

Denis Douthaut.

Jean Brullebaut.

Jean Thevenin.

Jean Briseville, fils.

Adrien Heudelot.

Jean Bourgeot, fils de Martin.

Pierre Pussin.

Antoine Bourgeot.

Philibert Fournier.

François Utinet.

Pierre Brullebaut.

Les échevins étaient en 1765, Jean Bourgeot, charron et Denis Utinet.

Les habitants d'Arc-sur-Tille avaient le sentiment de leurs droits et ils étaient prêts plutôt à les dépasser qu'à les négliger. Ils gardaient dans les coffres de la sacristie les vieux parchemins qui garantissaient ces droits, et comme ces documents étaient presque illisibles, ils chargèrent leur recteur d'école, Germain Thibaut, de les déchiffrer et le fils de celui-ci, François Thibaut, les transcrivit sur un registre spécial en 1782.

C'était d'abord un droit de pâturage de la communauté d'Arc-sur-Tille aux bois de la seigneurie de Bressey. Ce droit très ancien avait été renouvelé et régularisé en 1518.

Venait ensuite un accord avec les seigneurs d'Arc-sur-Tille, les de Mailly et les de Saulx-Tavanes en 1514 pour simplifier et fixer la dîme.

Puis un droit de pâturage dans une partie des bois de la seigneurie d'Arc-sur-Tille ; l'acte était de 1470.

Un droit de pâturage sur le finage d'Arcelot.

C'était enfin une liste des chemins généraux d'Arc-sur-Tille.

Le terrier d'ailleurs fixait les divers droits seigneuriaux. En 1787, les habitants se firent délivrer une copie des droits généraux que le seigneur avait sur eux ; cette copie leur coûta 72 livres.

On constate de bonne heure les divisions parmi les habitants.

Ainsi en 1783, Denis Curot est nommé syndic avec Claude Thevenard. Il convoque une assemblée des habitants, déclare qu'il refuse d'exercer sa charge avec Thevenard et demande que ce dernier soit remplacé par Adrien Hendelot. L'Assemblée y consent, mais Thevenard proteste à son tour. Il demande une nouvelle réunion des habitants qui lui donne tort par 71 voix contre 14. La cause de cette disgrâce, c'est qu'il avait pris le chanteau de pain bénit avant son tour et que néanmoins il n'avait pas offert le pain bénit le dimanche suivant. Le pain bénit avait manqué au grand scandale des habitants. On faisait de plus valoir contre Thevenard que c'était lui qui, sans y être autorisé par les habitants, avait fait sommation à M. de Saulx de déposer ses terriers au greffe d'Arc-sur-Tille. Cette sommation avait blessé le seigneur, et les habitants, en révoquant en quelque sorte Thevenard, espéraient empêcher les désagréments qu'il leur avait attirés. Thevenard d'ailleurs devait prendre sa revanche pendant la Révolution et jouer un rôle assez important.

Au même moment, Marchant, propriétaire de Corbeton, élevait une singulière prétention : il exigeait du marguillier qu'il lui présentât le pain bénit avant toute autre personne. C'était un droit réservé au seul seigneur, et Marchant, propriétaire censitaire (1) de Corbeton, n'avait ni raison ni prétexte de faire valoir une telle prétention. Le marguillier effrayé de ses menaces avait cédé. Le curé Terguet écrivit aussitôt à M. de Saulx pour le prévenir. Nous ne savons quelle solution fut donnée à cet incident ; il est probable que Marchant dut renoncer à ses prétentions. D'ailleurs la Révolution arrivait, et elle allait supprimer le pain bénit et fermer même l'église.

Un incident plus grave encore allait se produire. Le 21 avril 1783, l'assemblée avait nommé Claude Compère recteur d'école pour trois ans à partir du 1er mars. La communauté lui donnait 140 livres de gages : la fabrique y ajoutait 51 livres 16 sols. Compère recevait en outre les mois des écoliers et un petit casuel pour ses assistances à l'église. Les habitants devaient le loger et, en attendant qu'une maison rectorale fût construite, la fabrique promettait de lui payer son loyer, mais pendant un an seulement. Compère s'engageait en outre à faire porter l'eau bénite tous les dimanches dans chaque maison et à faire les écritures de la communauté, et cela, sans nouvelle rétribution. Le choix de Compère, fait par l'assemblée du village et par les fa-

(1) C'est-à-dire que Corbeton devait un cens en grains à l'abbaye de St-Etienne ; et, comme depuis la création de l'Evêché de Dijon, la plupart des biens de l'Abbaye de St-Etienne avaient été dévolus à l'Evêché, c'était à l'évêché que se payait alors ce cens.

briciens, avait été agréé par le curé et approuvé par l'intendant.

Compère ne dut pas donner satisfaction aux habitants, car, en janvier 1785, ils décidèrent de le congédier : il ne leur convenait pas ; il était incapable, querelleur, violent, emporté et s'adonnait au vin. Les habitants ne voulaient « plus confier désormais l'éducation de leurs enfants à un homme dont ils ont reconnu les inclinations vicieuses ». Ils demandèrent à l'intendant l'autorisation de faire un autre choix.

Mais une requête contradictoire approuvée par le curé, parvenait en même temps à l'intendant. Elle affirmait que les plaintes soulevées contre Compère n'étaient pas fondées : elles étaient le résultat d'une cabale fomentée par le fils de Marchant de Corbeton, qui avait tout mis en usage pour faire signer la délibération du 29 janvier ; Compère donnait au contraire toute satisfaction et remplissait exactement ses fonctions ; on demandait qu'il fût maintenu un an encore.

Le curé Terguet ajoutait à la suite de cette requête « que depuis que le nommé Compère est dans la paroisse, il s'y est comporté avec probité et décence, qu'il s'est acquitté de ses devoirs avec exactitude et intelligence, et que les écoliers lui font honneur par leur science. »

A cette déclaration, il joignait une lettre particulière qui est ainsi résumée :

« Ce pasteur qui passe pour un très galant homme, assure qu'il est de sa connaissance que la plupart des habitants qui ont signé la délibération du 29 janvier n'étaient point à l'assemblée, que le sieur

Marchant fils qui n'a ni droit ni voix aux assemblées, et qui a signé cette délibération le premier a forcé les autres à faire comme lui par l'effet de ses menaces. D'ailleurs le parti opposé au nommé Compère n'est pas à beaucoup près la majeure et la plus saine partie de la compagnie. »

L'avis du rapporteur fut qu'il fallait faire de nouveau délibérer les habitants par devant le subdélégué de l'intendant. Telle fut la décision de celui-ci.

Les habitants furent invités à se réunir le 26 mars ; tous devaient assister à l'assemblée et déclarer positivement et séparément s'ils entendaient ou non conserver Compère. Personne ne devait sortir de l'assemblée avant la clôture du vote, sous peine de 3 livres et 5 sols d'amende pour chaque contrevenant.

119 habitants furent présents à l'assemblée du 26 mars ; 53 furent d'avis de conserver Compère, 66 au contraire de le renvoyer.

L'assemblée avait eu lieu en présence du subdélégué Millot qui en envoya le résultat avec les observations suivantes :

« On ne peut douter qu'il n'y ait eu de vives sollicitations de part et d'autre. La communauté est divisée en deux partis : celui du Curé qui favorise le maître d'école et celui du fermier (1) qui veut le congédier.

« Il est difficile de penser que ce dernier parti serait aussi nombreux, si le maître d'école n'avoit aucun reproche à se faire. D'autre part, c'est aux habi-

(1) Marchant était alors fermier de la terre d'Arc-sur-Tille.

tants à décider à la pluralité des voix si leur maître
d'école leur convient ou non, et il y auroit plus
d'inconvénient à en maintenir un qui leur déplai-
roit qu'à renvoyer celui qui serait exempt de reproche. Garder le recteur actuel flatteroit le curé qui
est un très honnête homme et qui paroît avoir des
intentions très droites, mais le parti opposé très
puissant saisira toutes les occasions pour se venger,
et ce seroit peut-être rendre un mauvais service à
cet ecclésiastique que de donner gain de cause à
son protégé. »

En conséquence, Millot proposait d'approuver la
délibération.

Mais le curé ne se tint pas pour battu. Dans une
nouvelle lettre, il affirmait que le maître d'école
était un bon sujet, capable, de bonnes mœurs et
qu'il n'avait d'autre tort que d'avoir déplu a trois
ou quatre particuliers, notamment le fils Marchant, qui ont juré de le faire renvoyer. Ils sont
allés de porte en porte quemander les suffrages et
le lendemain de l'assemblée Marchant a fait assigner
les débiteurs de son père qui avaient voté en faveur de Compère. Les partisans de ce dernier d'ailleurs, quoique moins nombreux, supportent la plus
forte taille et contribuent ainsi plus que les autres
à payer les gages du maître d'école. Il insiste en
demandant que Compère soit gardé un an encore,
car, pendant ce temps, les personnes contraires
oublieront leurs ressentiments.

Tout ce qu'affirmait le curé était exact, et il était
bien vrai que 50 des partisans de Compère avaient
payé, en 1785, 1321 livres 17 sous de taille, tandis
que 60 des adversaires n'en payaient que 1032 l.

17 s. Les autres partisans ou adversaires n'étaient pas compris dans le rôle des tailles et étaient sans doute des nouveaux venus.

Cette question de taille et l'influence du curé devaient faire pencher la balance en faveur de Compère. « Il est d'une bonne politique, disait le subdélégué, de ménager les curés dont on a besoin tous les jours. » Si à la fin de l'année, l'opposition continue on pourra renvoyer Compère. En attendant, la nouvelle ordonnance de l'intendant pourra être motivée sur cette question de plus forte taille et sur le témoignage du curé qui en pareille matière doit l'emporter sur celui des habitants.

En marge, l'intendant a écrit cette note : « Ce parti est le meilleur, expédier l'ordonnance en conséquence. » Ce qui fut fait et Compère fut maintenu.

Il abusa de sa victoire ; ses habitudes de cabaret ne cessèrent pas, pas plus que ses brutalités et ses violences, et il obligea les enfants de ses adversaires à quitter l'école.

Ses ennemis en profitèrent et amenèrent les habitants à refuser de payer le loyer de la maison rectorale. Noël Bourgeot, le propriétaire, assigna Compère en paiement. Celui-ci adressa une pétition à l'intendant, afin d'obtenir justice.

L'intendant fait communiquer cette pétition aux habitants. Le 5 novembre, une réunion a lieu, mais on refuse de délibérer sous des prétextes frivoles. L'échevin Maillot attribue ce résultat aux menaces et aux intrigues de cinq particuliers : Braut, substitut du procureur d'office, Joannet notaire, Bernard, chirurgien, Thibaut, greffier et Trécourt, sergent.

Le même jour dans l'après-midi, ces cinq particuliers convoquent une assemblée pour faire délibérer à leur gré les habitants qu'ils ont travaillés,
et en effet 49 votent contre le maître d'école et
6 pour.

L'intendant prévenu ordonne une nouvelle assemblée avec assistance obligatoire pour les habitants
qui devront voter la somme demandée pour le loyer
de Compère et les frais de procédure. Les habitants
votent 96 livres au lieu de 120 et la moitié des frais,
laissant le reste pour compte au maître d'école.

Le subdélégué, en rendant compte de cette délibération, déclare que les mécontentements contre
Compère sont de plus en plus grands ; que celui-ci
a abusé de sa victoire, a semé la division et le
trouble dans la communauté, et que le retour du
calme ne sera pas possible, tant qu'il y restera. Il
se flatte pourtant de s'y maintenir, grâce au curé
qui le protège, mais ses partisans ont considérable-
ment diminué et le vœu de la généralité des habitants est de le voir partir. Il n'a plus pour lui qu'un
petit nombre de personnes et quelques camarades
de bouteille.

Une nouvelle délibération des habitants du
14 janvier 1787 décide de lui signifier son renvoi et
l'autorisation de l'intendant est demandée. Le
20 janvier, Millot écrit en marge de la demande :
« Les habitants doivent être autorisés. » L'intendant
prit une ordonnance conforme le 25 janvier, et les
habitants élurent Mercusot pour 3 ans : il recevrait
188 livres de la communauté, 51 livres 16 sols de la
fabrique, plus les mois des écoliers, le logement,
ses émoluments comme chantre. Il devait deux fois

par semaine recevoir gratuitement les enfants pauvres et leur enseigner la lecture, l'écriture, le calcul et le catéchisme. Il devait en outre faire les écritures de la communauté. Le curé accepta cette nomination. Mercusot mourut en mai 1788 et on nomma à sa place Joseph Doret aux mêmes conditions par ordonnance du 5 juin 1788.

Par ces divers incidents, on voit déjà se dessiner les partis qui existent à Arc, et l'on commence à voir figurer les personnalités qui joueront un rôle pendant la Révolution.

D'autres personnalités vont apparaître.

La récolte de 1788 avait été insuffisante, le froid fut de bonne heure excessif et beaucoup de gens en souffraient. Quelques personnes écrivirent à l'intendant pour lui exposer la situation. Elles disaient qu'il était à craindre que les malheureux affamés ne se livrassent au brigandage, et elles lui demandaient l'autorisation de prendre 340 livres dans la caisse de la communauté pour les distribuer en secours. Le notaire Joannet très zélé pour les pauvres, se chargerait de cette distribution et la ferait avec le plus d'équité possible. Joannet porta lui-même cette requête et expliqua que le curé n'était pas disposé à le seconder, pour avoir eu certains désagréments dans une circonstance analogue. L'intendant crut bien faire en ordonnant à Richard, trésorier de la communauté, de verser 340 livres à Joannet.

Mais presque aussitôt les habitants protestèrent attendu qu'on ne les avait pas assemblés pour délibérer. Une lettre de Terguet à l'intendant exposa leurs griefs :

» Monseigneur, cinq habitants d'Arc-sur-Tille vous ont présenté une requête pour qu'il soit pris 340 livres auprès du receveur des deniers de ladite communauté pour le soulagement des pauvres de cette paroisse.

» Vous avez accueilli cette requête, vous avez donné ordre au caissier de compter les 340 l. au dit Joannet.

» Comment le sieur Joannet s'en est-il acquitté ? Il a fait moudre de son grain dont il a fait du pain si mauvais que les pauvres ont été tentés de vous le porter pour vous dire d'arrêter la distribution.

» Le sieur Joannet averti par ses amis des plaintes qu'on alloit porter contre lui a promis de distribuer du grain. Il en a distribué d'abord du mauvais qui a renouvelé les plaintes, enfin du meilleur ; mais à qui était ce grain ? le sien ; à quel prix ? à 4 livres la mesure, prix au-dessus du taux ordinaire ; en présence de qui ? de personne.....

» Permettez-moi de vous représenter que ces demandes de quelques particuliers sont toujours suspectes ; elles ont d'ordinaire des vues particulières qui surprennent la religion des supérieurs dont la bonté d'âme n'a garde de soupçonner de vils intérêts dans le projet d'aider les malheureux..... » (25 janvier 1789).

Le 26 février, les habitants s'assemblent au son de la cloche ; ils s'opposent à ce que la somme soit délivrée à Joannet et menacent de se pourvoir au Conseil. L'intendant Amelot somma alors Joannet de rendre ses comptes sous huitaine. Nous ne savons comment se termina cet incident.

Joannet avait acheté la maison de Claude Clémence bâtie dans une partie du pâquier de la foire ou Pâquier-Lassus. Il avait entouré sa propriété de fossés ; mais il avait creusé ces fossés sur le terrain communal ; il fut sommé le 24 juin de les combler; on le somma aussi d'enlever ses fumiers et des bois qu'il avait déposés sur le terrain communal. Joannet protesta : il a comblé les fossés depuis deux mois et cependant ils étaient utiles à l'assainissement du champ de foire. Quant aux dépôts, c'est un reste des matériaux qui lui ont servi. Il demande qu'on fasse une nouvelle assemblée pour délibérer à ce sujet et que Jacquemard fils et Bernard, chirurgien, ses ennemis personnels, en soient exclus. L'assemblée est accordée, mais non l'exclusion demandée. L'assemblée eut lieu le 23 août. On reprocha à Joannet d'avoir empiété sur le terrain de la communauté, d'y avoir créé une issue pour sa maison et d'encombrer le champ de foire de bois et de fumier. Joannet proteste encore : les fossés ont été comblés ; sa maison a la même issue depuis 22 ans ; quant aux dépôts, il fait comme tout le monde : si l'on ne peut s'entendre, on plaidera.

En juin 1789, M. de Saulx maria sa fille et réclama le droit d'indire. On venait à peine d'achever de le payer une première fois. Aussi on peut juger du mécontentement du village devant cette prétention onéreuse. Il est probable d'ailleurs qu'il ne fut pas payé ; d'abord il s'agissait du mariage d'une fille et non d'un fils. Ensuite la Révolution était commencée ; dans la nuit du 4 août les droits féodaux allaient être abolis ou rachetés ; le droit d'indire fut aboli sans rachat.

M. Terguet partageait une partie des sentiments de ses paroissiens contre la noblesse, car sur le registre des actes religieux il écrit :

« Etats-Généraux de France. L'histoire ne pourra laisser une juste idée de la puissance des Grands, des abus qu'ils augmentoient à l'abri de leur autorité sur le peuple et de leur richesse.

» Leur puissance s'est évanouie comme un songe par l'activité que les campagnes ont mise à exécuter les décrets de l'assemblée qui a tout culbuté par la prépondérance des voix et la force : l'avarice des grands leur a fait manquer plusieurs complots qu'ils auraient pu réussir ».

En lisant cette note, on sent que l'abbé Terguet était déjà prêt pour le serment à la constitution civile du clergé.

On voit donc qu'à Arc-sur-Tille il y avait une lutte assez ardente avec le seigneur et un mécontentement général contre lui, mais que des partis s'étaient formés dans le village et qu'à la tête de chacun se trouvait une personnalité : il y a le parti du curé Terguet, un parti du notaire Joannet, un parti du fils de l'ancien fermier Marchant ; il y aura un parti de Calignon, un parti de Madénié, un parti de Jacquemard, etc. Les partis s'uniront, se sépareront, se ligueront les uns contre les autres ; et par suite bien des troubles devront se produire, bien des haines devront naître.

III

Les Etats Généraux et l'Assemblée Constituante

Nous arrivons au moment de la Révolution. L'année 1788 avait été très sèche : toutes les rivières avaient tari. La Bèze seule avait gardé un filet d'eau. On dut aller d'Arc-sur-Tille jusqu'à Drambon pour moudre, et les laboureurs s'y pressaient tellement que parfois il fallait y rester huit jours pour remporter sa farine. A la suite de cette sécheresse désastreuse, arriva un hiver précoce et des plus rigoureux. Dès la fin de novembre, l'épaisseur de la glace était d'un demi-pied. Le temps s'adoucit vers le 4 décembre et il tomba alors une neige épaisse qui fondait et se congelait aussitôt ; la terre fut couverte de verglas ; les arbres en étaient si chargés que beaucoup se rompirent ; presque tous les baliveaux des forêts furent ainsi brisés (1).

C'est au milieu de cet hiver excessif et de la famine qu'il provoqua qu'eurent lieu les élections aux Etats-Généraux. Jusqu'ici aucun travail d'ensemble ne nous a fait connaître pour la Bourgogne

(1) Tous ces renseignements proviennent d'une note de M. Terguet, insérée par lui parmi les actes de l'état religieux de la paroisse.

l'histoire de cette époque agitée. Nous savons seulement que, dans toute la France, il y eut entente entre les meneurs pour amener le roi aux résultats que l'on voulait atteindre : le doublement des membres du tiers et, comme conséquence, s'il était possible, le vote par tête, qui devait donner la majorité au tiers-état.

A Dijon, la campagne fut dirigée par ce qu'on a appelé le Parti des avocats. Il comprenait le médecin Durande, le chirurgien Hoin, les avocats Durande, Navier, Volfius, Arnould, Trullard, etc. Par leurs agissements, ils convainquirent le peuple que la noblesse resterait toujours privilégiée au point de vue des impôts, quoique, dans leurs assemblées, les nobles de la Bourgogne eussent déclaré par trois fois qu'ils voulaient prendre part à toutes les charges matérielles de la nation.

Un premier fait très important se produisit à Arc-sur-Tille : il s'y tint une réunion des délégués de 31 communautés. Nous n'avons malheureusement aucun renseignement sur cette assemblée qui nous est signalée dans deux documents. Joannet, notaire à Arc-sur-Tille, dont nous aurons beaucoup à parler, avait été emprisonné. Le 27 avril 1793, il demande son élargissement, en protestant de son civisme ; il rappelle ses services : *il a le premier établi la révolution dans le canton* (Arc-sur-Tille), *en faisant une assemblée de 31 communautés où il a prononcé un discours et une requête qu'il a fait imprimer ;* il a aussi rédigé les cahiers de plus de 20 villages.

Où trouver ces pièces imprimées, ces cahiers de doléances qu'il serait si précieux de consulter ?

Un autre document que signale le même fait et qui nous apprend ce qui s'est passé à l'assemblée d'Arc-sur-Tille, émane de deux adversaires de Joannet : c'est un pétition de Pierre Celse Jacquemard d'Arcelot, ancien administrateur du département et de Charbonnier, percepteur d'Arc-sur-Tille, aux administrateurs du département contre Terguet et Joannet qui viennent d'être remis en liberté. Leur pétition est du 11 mai 1793. Ils rappellent que Terguet et Joannet ont dénoncé la Société républicaine d'Arc-sur-Tille et que cette société « est composée de patriotes avant la Révolution, d'hommes qui, *réunis dans cette commune en 1788 avec les députés de 31 communes y demandèrent l'égale représentation aux États-Généraux.*

L'assemblée des communautés réunie à Arc-sur-Tille dès 1788 aurait donc demandé la double représentation du tiers-état. Mais le parti des avocats voulait plus encore : il voulait le vote par tête. Il provoqua d'autres assemblées de communautés pour formuler ce vœu et essayer de l'imposer. Il y en eut une à Genlis le 25 janvier 1789 et une autre à Messigny le 5 février 1789. Les syndics de Genlis disaient dans leur lettre de conversation : « Nous demanderons au roi la moitié des voix et du pouvoir aux états de la province pour que nous puissions défendre nos droits et obtenir une diminution d'impôts en faisant partager le fardeau aux prêtres et aux nobles. »

On voit que cette convocation semble ignorer la proposition de la noblesse de payer sa part d'impôts, proposition qu'elle avait faite dans ses réunions préliminaires et qu'elle devait renouveler dans l'assemblée des états, proposition que le clergé devait

aussi adopter. La noblesse demandait encore qu'a-
vec les états-généraux le tiers fut représenté par des
mandataires librement élus, ayant le droit de véto
contre les deux autres ordres, mais elle voulait le
maintien des trois ordres.

C'est ce que ne voulait pas le parti des avocats ;
il avait obtenu le doublement du tiers ; il travaillait
donc à obtenir le vote par tête. Il avait à ce sujet
adressé une requête au roi et cette requête signée
par toutes les corporations de Dijon fut aussi adop-
tée par un grand nombre de municipalités de la
province et même du royaume.

L'assemblée générale des trois ordres des bailliages
de Dijon, Beaune, Nuits, Auxonne, Saint-Jean-de-
Losne s'ouvrit à Dijon le 28 mars 1789. Elle devait
élire les députés aux états-généraux et rédiger le
cahier commun des doléances. Arc-sur-Tille y fut
représenté par Pierre Celse Jacquemard et par Jean
Verrey ; le lieutenant-général de la province, Fré-
cot de Saint-Edme, leur fit en effet allouer 110 livres
pour leurs frais sur les fonds de la communauté.
Il portaient avec eux le cahier des doléances d'Arc-
sur-Tille qu'il eut été bien intéressant de consulter ; malheureusement nous n'avons pu le décou-
vrir, il est à craindre que, comme beaucoup d'autres,
il n'ait été détruit.

L'abbé Terguet, comme curé, fit partie de l'assemblée du bailliage.

Dans une de ses nombreuses pétitions, il dit en
effet : « Uni dans les assemblées bailliagères avec
le tiers, je demandois déjà l'égalité des droits entre
tous les citoyens de l'empire et faisois le sacrifice

des dixmes de mon bénéfice. (1) » Et, dans un rapport écrit de sa main, qui se trouve au registre des délibérations du conseil général d'Arc-sur-Tille il déclare que le président des trois ordres du bailliage de Dijon l'a félicité et a dit qu'il avait bien mérité de la patrie (2).

On voit donc qu'à Arc-sur-Tille, le parti dirigeant appartenait tout entier, le curé en tête, aux idées nouvelles.

(1) Pétition du 22 avril 1893, Archives de la Côte-dO'r.

(2) Archives d'Arc-sur-Tille, D I, 1 : Délibération du 4 sept. 1789. — Nous croyons que Terguet se vante. Nous avons lu attentivement les procès-verbaux de l'Assemblée des bailliages ; ils se trouvent soit aux archives de la Côte-d'Or, soit à la Bibliothèque de Dijon, fonds Juigné ; ils ont été publiés en partie dans les Archives parlementaires, vol 3. et dans le Bulletin Archéologique du Diocèse de Dijon : M. l'Abbé Guerin, Procès-verbal de l'assemblée du Clergé, etc., 1886 et 1887 : nulle part, nous n'avons trouvé traces de ces félicitations dont parle Terguet. Le 2 avril, le clergé avait déclaré qu'il consentait *d'être taxé comme et avec les autres citoyens, c'est-à-dire dans le même lieu, par les mêmes asséeurs et sur les mêmes rolles pour toutes les im positions pécuniaires de quelque nature qu'elles puissent être ;* ce vote fut renouvelé le 4 avril et on le notifia à la chambre du tiers. Celle-ci envoya au clergé douze députés qui ont dit que leur chambre d'une voix unanime a arrêté de témoigner à l'ordre du clergé le vœu qu'elle fait pour qu'une conduite aussi digne d'éloges puisse lui mériter les hommages de la France entière. Mais le lendemain 6 avril, le clergé dut exprimer son sentiment sur le vote par tête. M. Chauchot, curé d'Is-sur-Tille, proposait de l'accepter « comme inhérent à la dignité de l'homme ». Mais le clergé ne l'avait pas suivi et avait demandé le maintien du vote par ordre, moyennant certaines garanties en faveur du tiers. Le 7 avril, Chauchot et une trentaine de curés, parmi lesquels l'abbé Terguet, se rendirent à la chambre du tiers, et déclarèrent qu'ils n'avaient pas pris part à la délibération par laquelle le clergé avait repoussé le vote par tête. L'abbé Chauchot fit alors lecture du discours qu'il avait prononcé la veille dans la chambre du clergé. Le tiers « manifesta par des applaudissements universels la sensibilité que lui causait les sentiments généreux et désintéressés qu'on remarque dans ce discours. » Tels sont les éloges ou les félicitations que la chambre du tiers fit soit à l'ordre du clergé, soit à quelques membres du clergé, parmi lesquels se trouvait Terguet, mais rien, dans ces éloges, ne s'applique à lui spécialement.

A ce moment même, la terre d'Arc-sur Tille était à louer. Marchant et Jacquemard l'avaient eue successivement. Cette ferme comprenait non seulement les terres, prés et bois. du château, 829 journaux de terre, 800 soitures de pré, 647 arpents de bois, mais encore tous les autres revenus, comme le moulin qui était sous-loué 1040 livres, puis les cens, les tailles, les rentes diverses, les poules, la cire, les corvées, les amendes, 81 mesures de froment payées par les habitants pour se dispenser de cuire au four banal ; le fermier était en outre logé dans la ferme et en avait les hébergeages et toutes les dépendances. Calignon obtint la ferme pour 23000 livres et quitta Norges où il était fermier auparavant pour se fixer à Arc-sur-Tille. Fut-il en lutte avec Jacquemard et Marchant au sujet de cette location ? C'est probable et cela explique peut-être leur rivalité pendant la Révolution.

Cette année 1789 fut pour toute la France une année d'agitations et presque d'angoisses. La presse n'existait pas ; les nouvelles de Paris et des provinces étaient lentes à arriver et étaient souvent dénaturées. On apprit bientôt la résistance du Tiers Etat, la transformation de l'Assemblée en Assemblée nationale, le serment du Jeu de Paume, l'assentiment du roi aux réformes commencées, l'union des trois ordres, puis la prise de la Bastille, l'organisation d'une garde nationale, les. troubles de plusieurs provinces, le retour du roi à Paris.

Tous ces bruits, diversement interprétés, se répandaient peu à peu, bien accueillis par les uns, déplorés par les autres.

A Arc-sur-Tille, les Grands Jours s'étaient tenus comme d'habitude sur la place de l'Eglise. Les deux échevins de 1789 avaient été Martin Curot et Hugues Bourrelier ; Jean Faivret et Jean Utinet furent les échevins désignés pour 1790. Ils devaient être les deux derniers échevins, car un maire, une municipalité et un conseil général de commune allaient remplacer l'échevinage et l'assemblée de la communauté.

Nous n'avons aucun renseignement sur les événements qui se passèrent à Arc au commencement de l'année 1789 (1) ; mais l'agitation est très vive en septembre. Calignon en effet à fait commencer l'exploitation des bois, et la communauté prétend qu'il coupe des bois appartenant aux habitants ; il fait aussi essarter les Aiges revendiquées par eux. Dans des réunions qu'ils tiennent le 8 et le 13 septembre, ils demandent à leurs échevins Martin Curot et Hugues Bourrelier, et à un comité qu'ils ont nommé et dont le président est le curé Terguet, de défendre leurs droits.

Le 4 septembre, un certain Labaume qu'on qualifie de garde-bois vient chez le notaire Joannet avec le sieur Fénéon, commissaire à terrier du duc de Saulx et Calignon, le fermier de la terre. Là, tous les quatre, ils trouvent étrange que les habitants soient mécontents qu'on essarte leurs communaux et qu'ils aient la prétention de revendiquer les terres usurpées par les fermiers du château. Le 5, ils se rendent à Dijon, au comité qui siégeait à l'hôtel de ville et répandent le bruit que les habitants d'Arc-sur-Tille veulent donner l'exemple

(1) Le registre des délibérations qui a été relié est formé de plusieurs cahiers, mais le premier cahier de ce registre porte le n° 5. Il y en a donc 4 qui ont disparu et qui eussent été précieux à consulter.

d'une voie de fait et provoquer des désordres. Labaume offre d'apaiser les esprits en s'adressant aux
honnêtes gens. Le comité loue son zèle et lui accorde une commission verbale. Il revient à Arc à
une heure et demie de l'après-midi, annonce qu'il
est porteur d'un ordre du comité de Dijon, se fait
ouvrir les portes de l'église et fait sonner *l'effroi*.
Les hommes étaient aux champs ; quelques personnes, des femmes surtout, accourent ; Labaume leur
parle de sédition, de mutinerie, de dragons, de
punition exemplaire, et les terrorise ; puis il re-
tourne en ville et annonce que les habitants sont
prêts à des violences qui seront décidées dans une
réunion du lendemain. Le 6, le comité envoyait des
dragons à Montmançon ; il les charge de s'arrêter
à Arc-sur-Tille à leur retour et de voir ce qui s'y
passe. Le détachement arrive à 4 heures sur la
place où il se met en bataille, tandis que Labaume
à cheval se rend chez le curé et lui demande si les
habitants se sont réunis la veille après les vêpres.
Le curé répond qu'il a publié au prône l'avis de
l'assemblée, mais qu'il ignore si elle a eu lieu. Labaume menace de punir les meneurs et dit que la
paroisse est séditieuse. Le curé proteste, puis il
conduit Labaume chez le maître d'école qui reçoit
les délibérations et il fait appeler les échevins.
Ceux-ci arrivent ; Labaume les interpelle et leur
demande ce qui a été fait. Les échevins répondent
qu'on a nommé une commission d'habitants pour
rédiger un projet de délibération ; qu'on discu-
tera ce projet mardi prochain et que s'il est adopté,
on en enverra copie au duc de Saulx et au comité
de Dijon. Labaume les somme d'aller rendre compte

aux dragons. Les échevins alors reprochent à Labaume la conduite qu'il a tenue, l'effroi qu'il a fait
sonner. On arrive à la troupe ; Labaume se plaint
qu'on l'ait menacé ; on s'échauffe de part et d'autre,
mais le curé prend la parole, expose les faits,
calme les esprits et prie l'officier de retirer sa
troupe, ce qui est fait. La paroisse est indignée
contre Labaume ; elle le somme de déclarer qui l'a
poussé ou demande qu'il soit rendu responsable,
car il accuse un curé dont le président de l'assemblée du bailliage a dit qu'il avait bien mérité de la
patrie et les habitants d'un village qui, en juillet
dernier, au moment où tout était en effervescence
au nord et à l'est de Dijon, ont, par leur prudence,
empêché « les horreurs d'un embrasement », et
« ont calmé et dissipé les conseils de plusieurs
paroisses mécontentes (1) ». Le comité d'Arc-sur-
Tille demande au comité de Dijon d'infliger un
blâme à Labaume et veut qu'un mémoire imprimé
expose au public tout ce qui s'est passé.

A ce moment même la communauté écrivait au
duc de Saulx. Elle se plaignait des moyens employés par Fénéon pour faire juger le droit d'indire qui n'avait jamais existé à Arc ; le même Fénéon avait promis lors de la reconnaissance par
les habitants des droits seigneuriaux de leur rendre
55 soitures de prés qu'il avait reconnu leur appar-

---

(1) Le rapport que nous analysons ici est de l'abbé Terguet (Archives
d'Arc-sur-Tille, Délibérations). Terguet fait allusion aux troubles qui eurent lieu en juillet 1789 dans les environs de Gray et qui semblent avoir
produit une réelle commotion dans les environs mêmes de Dijon. Cette
période est celle de la Grande Peur : on racontait que des brigands me-
naçaient le pays, le saccageaient. Il y eut en réalité dans plusieurs ré-
gions une vraie Jacquerie de paysans.

tenir en vertu d'un échange ; il avait promis aussi de faire ratifier la légitimité de leur demande sur un quartier de bois que le fermier devait faire couper et qui, d'après le terrier, appartenait aux habitants ; enfin, il avait promis de s'opposer à l'essartage de leurs Aiges. Il n'avait tenu aucune de ces promesses. La communauté demandait au duc de consentir, pour éviter un procès, que ces contestations fussent soumises à un arbitre amical.

Le 22 septembre, la cloche appelle les habitants en assemblée, et les échevins leur déclarent qu'en vertu de leurs délibérations des 8 et 13 septembre, ils sont allés au bois avec la garde du lieu pour empêcher la coupe commencée par Calignon ; ils y ont trouvé 8 coupeurs qu'ils ont amenés au comité. Les habitants approuvent leurs échevins, persistent dans leurs délibérations antérieures, autorisent le comité à prendre toutes mesures propices à sauvegarder leurs droits et envoient saisir au bois les outils des coupeurs.

Le même jour, le comité leur communique l'imprimé qui a été rédigé sur leur demande au sujet de l'incident Labaume. Tous les faits cités ont été débattus avec le plus grand soin ; on a fait appel aux souvenirs de tous, et l'on croit que l'on a exposé très exactement les incidents qui se sont produits. Le titre de l'imprimé est : *Précis de la conduite des habitants d'Arc-sur-Tille contre les faux bruits que leurs ennemis répandent à Dijon.* Il commence par ces mots : *On présente les habitants*, et finit par ceux-ci : *Et leur parfait dévouement à la patrie.* Il a dix pages. Les habitants, après en avoir entendu la lecture, l'approuvent à l'unanimité.

Calignon, fort mécontent qu'on eût arrêté ses coupeurs, courut à Dijon et se plaignit que les habitants voulussent couper les bois du seigneur ; mais il fut établi que c'était faux. Quand il revint, il dit qu'il ferait pendre quatre habitants, le curé, les deux Jacquemard et le chirurgien Bernard, tous sans doute membres du comité (1).

Le 11 octobre, la rue de la Rigole est subitement inondée ; les habitants attribuent l'inondation à une digue que le seigneur a fait construire dans la fausse rivière pour renvoyer les eaux dans la rivière du moulin ; ils demandent au comité d'intenter des poursuites contre le duc, et, en attendant le résultat, de rompre la digue pour détourner les eaux.

Ils veulent aussi envoyer une adresse à l'Assemblée nationale pour la remercier du décret du 4 août qui abolit les privilèges et établit l'égalité, et ils invitent les communautés voisines à se joindre à eux pour rédiger cette adresse.

Dix-sept communautés répondent à cet appel et se réunissent à Arc-sur-Tille le 18 octobre. Elles votèrent des remerciements à l'Assemblée nationale pour ses travaux, déclarèrent être prêtes à payer, à titre d'impôts, le quart de leurs revenus, selon le projet du ministre des finances ; proposèrent de porter à la monnaie, l'argenterie des églises, qui n'était pas nécessaire au culte, et approuvèrent qu'une fois les décrets du 4 août sanctionnés, des

(1) Il est souvent question de ce comité, mais nous n'avons pas les noms des membres qui le composaient ; nous savons seulement que le curé en était président.

assemblées municipales fussent chargées de répartir les impôts.

Une copie de cette déclaration était envoyée a Necker et une autre au député Volfius pour être déposée sur le bureau de l'Assemblée nationale.

Une nouvelle assemblée des communautés eut lieu le 1er novembre pour entendre la lecture des lettres élogieuses répondues par Necker et Volfius. Nous croyons intéressant de donner ici la lettre de Necker.

Paris, le 28 octobre 1789.

« J'ai reçu, Messieurs, votre délibération du 18
« de ce mois. J'ai éprouvé une grande satisfaction
« en y lisant l'expression du patriotisme qui vous
« anime ; le zèle que vous montrez tous unanimement
« pour la cause publique et le salut de l'Etat m'a
« paru trop honorable et trop digne d'éloges pour
« être ignoré du Roy. Sa Majesté a été très satis-
« faite de vos sentiments ; elle m'a chargé de vous
« le faire savoir et c'est de sa part que je vous en-
« gage à remplir le noble vœu que vous avés tous
« formé de payer le quart de vos revenus dans le
« plus bref délay, de faire porter à la monoye toute
« l'argenterie qui ne sera pas nécessaire au culte
« divin et d'acquitter exactement toutes les impo-
« sitions actuelles dans le cours de cette année.
« Je vous prie de continuer à donner des preuves
« aussi distinguées d'attachement et de fidélité
« pour le Roy, de confiance et de respect pour
« l'Assemblée nationale et de soumission pour ses

« décrets. Je vous remercie des sentimens que vous
« me témoignés et je vous prie de donner commu-
« nication de ma lettre à Messieurs les députés des
« communautés circonvoisines qui s'étant réunis
« à vous pour concourir à votre délibération, mé-
« ritent de partager les assurances de satisfaction
« que le Roy m'a chargé de vous transmettre à tous.

 « J'ai l'honneur d'être avec un parfait attache-
« ment, Messieurs, votre très humble et très obéis-
« sant serviteur. »

NECKER

 « Pour les échevins et habitans de la commune
d'Arc-sur-Tille. »

Dans la même réunion où fut lue cette lettre on
nomma des experts pour s'entendre avec ceux de
M. de Saulx sur les difficultés existantes, et la communauté fut favorable à une demande des jeunes
gens qui désiraient former une compagnie de volontaires.

Déjà en effet une milice nationale avait été organisée : dès le mois de septembre, 3 compagnies
avaient été formées. Les capitaines étaient Jacquemard, fils, major, Adrien Heudelot, Bernard et
Braud (1).

Les lieutenants furent Maillot, Thevenard et Nicolas Mongin, et les sous-lieutenants Nicolas Bourgeot, Martin Curot et François Utinet, fils.

---

(1) Adrien Heudelot bourrelier, était le fils d'un ancien recteur d'école
d'Arc-sur-Tille ; le chirurgien Bernard venait de Dijon où habitait son
père ; il occupait, dans la rue du Dᵣ Tarnier la maison où demeure actuellement Madame veuve Berger ; Braud de Greucourt (Haute-Saône)
était le neveu de Jacquemard, par sa mère, sœur de Jacquemard ; il
avait épousé Agathe Viard et habitait la maison qui appartient mainte-
tenant à Monsieur le Commandant Mongin.

Au même moment (5 septembre), le comité d'Arc-sur-Tille faisait du zèle. Il avait reçu du comité de Dijon une circulaire imprimée déclarant que les députés appartiennent à la nation qu'ils doivent aider de leurs lumières, et menaçant de faire arrêter ceux qui ne se rendaient pas à l'assemblée nationale. M. Lemulier de Bressey y était l'un des représentants de la noblesse de la Bourgogne et cependant il était rentré à son château de Bressey. Le comité d'Arc-sur-Tille s'en émut. Il délégua à M. Lemulier le curé Terguet, Richard et Celse Jacquemard. Ceux-ci se firent en effet annoncer à M. Lemulier et le prièrent de les recevoir. Ils furent introduits aussitôt. Ils lui firent connaître leur mission, lui communiquèrent la lettre du comité de Dijon et lui dirent qu'ils avaient voulu, en le prévenant, lui éviter les ennuis que son absence de l'assemblée pouvait lui attirer. M. Lemulier les remercia et leur dit qu'il était sensible à la sagesse des vues du comité d'Arc-sur-Tille, mais qu'il était en congé régulier à cause de son état de santé ; il s'était toutefois fait remplacer à l'assemblée par un suppléant, M. Mandelot, et si ce suppléant faisait défaut, il se hâterait d'aller reprendre sa place.

On voit que l'on en était encore avec la noblesse dans des rapports de parfaite urbanité.

Le 9 novembre, les habitants réunis décidèrent qu'ils écriraient de nouveau au duc de Saulx au sujet de leurs différents. Ils lui disent qu'ils ont dû faire suspendre par force et ensuite par jugement du bailliage la coupe de bois commencée par Calignon ; qu'il l'aurait certainement empêchée lui-même, s'il avait été mis au courant des faits, mais ils restent toujours dans les mêmes dispositions : ils ont donc choisi comme expert M. Roger, géomètre et comme avocat M. Navier. Ils désirent éviter d'être en procès avec lui. « Vos ancêtres et nos pères, lui disait-on, ont ignoré entre eux ce mot *procès*. Nous ne le connaîtrions pas, si nous avions le bonheur de vous posséder en Bourgogne (1) mais la source en naît des agens qui, voulant faire la cour à leur maître, prêtent toujours des vues odieuses aux défenses légitimes de leurs sujets en rendant leurs offres insuffisantes. »

Ils lui envoyaient en même temps pour l'éclairer le mémoire qu'ils avaient fait imprimer sur l'affaire Labaume.

Le duc consentit à la nomination d'experts. Il répondit aux habitants le 16 novembre :

« J'ai reçu, Messieurs, la lettre que vous m'avez écrit le 9 de ce mois. Je réitère à M. Fénéon de s'entendre de nouveau avec vous sur les sujets qu'elle renferme et de tâcher de les terminer à l'amiable, mon vœu étant de n'avoir nulle contestation avec votre communauté.

Recevez, je vous prie, Messieurs, l'assurance de mon attachement.

LE COMTE DE SAULX. »

Le 24 novembre, les habitants étaient de nouveau réunis pour apprendre que Calignon, se regardant comme injurié par le mémoire publié sur l'affaire

---

(1) Après l'incendie du Château par Gallas, les comtes de Saulx-Tavanes vinrent de moins en moins à Arc-sur-Tille. Ils y viennent encore assez souvent de 1640 à 1680. Ils sont parrains ou marraines de leurs sujets ; Charles Marie de Saulx naît même à Arc-sur-Tille vers le 6 juillet 1650 ; mais à partir de 1680 environ, on ne les voit plus figurer sous aucun titre dans les actes religieux.

Labaume, mémoire qu'il appelait un libelle diffamatoire et qu'il attribuait à quelques personnes seulement, intentait une poursuite contre la communauté devant le tribunal criminel. On relit cet imprimé devant l'assemblée qui l'approuve de nouveau et déclare en prendre la responsabilité. Le mémoire, répond-on, n'est pas contre Calignon ; il a pour but de justifier la communauté, et, si le nom de Calignon est cité, c'est qu'il était impossible de faire autrement. La communauté offre de déposer devant le lieutenant criminel les registres où il est fait mention de ce mémoire et où il est bien établi qu'elle l'a toujours approuvé. Elle nomme d'ailleurs plusieurs délégués, parmi lesquels Terguet, qui signeront trois exemplaires du mémoire au nom de la communauté ; l'un de ces exemplaires sera envoyé au lieutenant criminel, l'autre au comité de Dijon et le troisième sera déposé aux archives de la communauté (1).

Le 6 janvier 1790, les habitants approuvent de nouveau les décrets du 4 août qui ont été revêtus de la sanction royale, déclarent qu'à l'avenir, ils feront acte d'hommes libres : ils moudront leur blé où bon leur semblera ; ils ne feront plus de corvées et ils rachèteront les droits féodaux, aussitôt que le mode de rachat aura été décidé.

Le 15 janvier, la France avait été partagée en départements, districts, cantons et communes. Arc-sur-Tille devenait chef-lieu de canton.

Le 31 janvier 1790, les citoyens actifs, c'est-à-dire ceux qui payaient comme impôt la valeur de

(1) Jusqu'ici aucun de ces exemplaires n'a été retrouvé.

trois journées de travail (1), se réunirent pour élire la municipalité et le conseil général de la commune, conformément à la nouvelle loi départementale et communale.

121 citoyens actifs étaient présents. Ils élurent pour président de leur assemblée, Celse Jacquemard par 119 voix et comme secrétaire Jacques Richard par 121 voix. Jacquemard fit alors l'appel des citoyens actifs : 127 répondent et nomment 3 scrutateurs : Germain Thibaut, ancien instituteur, Doret, instituteur en fonction et Nicolas Bourgeot. Nouvel appel nominal pour l'élection du maire : 125 bulletins sont déposés, et, après le dépouillement, le curé Terguet est nommé maire par 117 voix.

Il y eut 103 votants pour l'élection du procureur-syndic, et Jacquemard père fut élu par 96 voix.

116 votants concoururent à l'élection des officiers municipaux qui furent : Philibert Fournier (98 voix), Jean Verrey (96 voix), Noël Bourgeot l'aîné (89), Adrien Heudelot (82), Simon Meulnotte (80).

Il restait à nommer le conseil général de la commune : 113 votants y prirent part. Les élus furent : François Clerget (82 voix), Nicolas Bourgeot (81), Jacques Richard (77), Barthélemy Bernard, chirurgien (77), Pontiant Panarioux (65), Jean Curot, père (61), Thevenard, père (51), Jean Devienne (49), Jean Venot, père (48), Germain Thibaud (45), Jean Galand l'aîné (44), Etienne Mongin (40) (2).

---

(1) La journée de travail avait été évaluée à une livre.

(2) Les communes de plus de 500 habitants nommaient un maire, un procureur de la commune, 5 officiers municipaux et 12 notables formant avec la municipalité le conseil général de la commune.

L'élection était à peine terminée que Joannet demanda la parole. Il déclara qu'il avait appris des officiers du bailliage que Calignon obtiendrait sûrement gain de cause dans son procès contre la communauté, que les habitants seraient condamnés à 400 livres de dommages intérêts. Or le factum incriminé n'était l'œuvre que de quelques personnes ; aussi n'était-il pas juste que les citoyens pauvres qui n'y étaient pour rien fussent condamnés. Il les invitait donc à venir chez lui déclarer officiellement qu'ils n'avaient pas pris part à la rédaction de cet écrit, et il se faisait fort d'obtenir de Calignon qu'ils ne fussent pas poursuivis. Personne ne répondit à cette invitation cauteleuse ; au contraire il fut décidé qu'on maintenait l'exactitude de l'imprimé et que la proposition de Joannet serait envoyée aux officiers du bailliage qui sauraient ainsi que Joannet les accusait publiquement d'indiscrétion.

Le 2 février, les noms des membres de la municipalité et du conseil sont proclamés devant tous les habitants assemblés ; le 5, Doret est nommé greffier et Richard, trésorier.

Le 10, on apprend que le Parlement a condamné les habitants à payer le droit d'indire ; ils décident d'en appeler au conseil du roi et envoient 600 livres à un avocat pour soutenir leur cause.

Le 28 avril, une réunion importante eut lieu à Arc-sur-Tille, devenu chef-lieu de canton ; ce fut l'assemblée primaire du canton, qui comprenait tous les citoyens actifs d'Arc-sur-Tille, Fouchanges Arceau, Arcelot, Couternon, Bressey, Remilly et Vaux sur-Crosne : 377 citoyens actifs furent présents. M. Etienne Bornier, bourgeois d'Arceau, fut président provisoire d'âge, Richard, Jacquemard, bourgeois d'Arc et Perrey, laboureur à Remilly furent scrutateurs provisoires d'âge et M. Boillaud, curé d'Arceau, fut secrétaire.

Le bureau provisoire constitué, l'assemblée procéda à l'élection de son bureau définitif. M. Boillaud fut nommé président par 136 voix sur 227 votants, Thibaut, bourgeois d'Arc, fut secrétaire. Les scrutateurs furent Richard, Jacquemard, père et Bernard.

Après quoi, on procéda à la nomination des électeurs qui nommeraient eux-mêmes les membres de l'Assemblée législative. Les électeurs furent M. Pierre Celse Jacquemard, devenu fermier d'Arcelot, M. Perrey de Remilly, M. Marchant de Corbeton et M. Boillaud, curé d'Arceau. M. Morisot curé de Couternon était nommé suppléant.

Cependant la garde nationale avait été régulièrement organisée ; elle comprenait les citoyens de 16 à 60 ans. Les gardes nationales du département devaient se rassembler à Dijon le 16 mai pour prêter le serment fédératif. Les gardes nationaux du canton furent réunis le 9 mai à Arc-sur-Tille pour désigner ceux d'entre eux qu'ils délégueraient à Dijon pour prêter le serment.

Il y eut 220 gardes d'Arc-sur-Tille
       120   d'Arcelot, Arceau et Fouchanges
        61   de Couternon
        32   de Bressey
        72   de Remilly et Vaux
505 gardes en tout.

On délégua :

M. Bornier fils, d'Arceau, qui était le commandant.

Noël Bourgeot fils, officier.

J.-B. Perrey fils, sergent

Bernard Jacquemard, fils puiné

Adrien Mongin

Martin Brullebaut, fils de feu Pierre

Pierre Maître, fils.

François Thibaut, fils de Germain

Augustin Fournier

Pierre Verrey

Philibert Venot

François Curot fils de Jean

Mamet Bienfait, d'Arceau

Jacques Lebaut

et Jean Bernard, de Remilly

La délibération qu'ils emportaient avec eux pour leur servir de pouvoir à Dijon disait qu'ils avaient été élus « pour se rendre à Dijon le 16 may, s'y réunir à la garde nationale, régler tant en leurs noms qu'aux nôtres, se lier pour eux et pour nous sur l'autel de la patrie par les serments les plus saints et jurer de maintenir la nouvelle constitution, d'être fidèles à la Nation, à la Loy et au Roy, de regarder comme traîtres et parjures ceux qui tiendront un langage oposé. Jurez encore, soldats citoyens, de ne jamais souffrir qu'on parle mal en votre présence de la nouvelle constitution ; nous le jurons avec vous ; nous ajoutons plus, que s'il y a des tyrans qui osent nous présenter de nouvelles chaînes, nous souffrirons plutôt mille morts que de nous y soumettre. Disposez, Messieurs, de notre temps, de nos fortunes et de nos vies. La mort nous paraîtra la plus belle des récompenses, lorsqu'elle pourra procurer la liberté de nos concitoyens. Nos sentiments, Messieurs, depuis le commencement de la Révolution ont été aussi constants que les vôtres et leur seront toujours unis. Aussi nous vous promettons que les engagements que nos députés ont contractés avec vous pour eux et pour nous, nous les tiendrons et les observerons très fidèlement, trop heureux de mériter par notre patriotisme votre éloge et le titre honorable d'amis et de frères ».

· La confédération générale des gardes nationales des quatre départements de l'ancienne province de Bourgogne et des pays adjacents devait avoir lieu le 18. Les députés des gardes nationales arrivèrent le 14, le 15 et le 16 et furent logés chez les habitants. Le 17, il y eut vérification des pouvoirs des députés dans la grande salle du logis du Roi. Il en résulta qu'il y avait 1822 députés qui se réunirent aux 3.600 gardes-nationaux du canton de Dijon et qui représentaient ainsi une force armée de 235.267 hommes. M. de Buffon fut élu général de la fédération avec M. Disson pour premier lieutenant général, M. Amiot Lambert, pour second lieutenant général et M. Fondart pour major.

Le 18, les fédérés se réunirent à 8 h. du matin sur le chemin de Plombières pour reconnaître leurs chefs ; puis ils se mirent en marche, arrivèrent à l'hôtel de ville où la municipalité prit place au milieu d'eux et on se rendit à l'avenue du Parc. Une messe solennelle fut célébrée au Rond-Point par l'abbé Volfius, le futur évêque constitutionnel, qui

prononça un discours sur l'amour de la Patrie.
Après ce discours, une salve d'artillerie annonça la
prestation du serment fédératif ; il fut lu par le général de Button, qui, ensuite, leva la main face à
l'armée et dit : Je le jure ; puis l'armée défila et
tous les confédérés prêtèrent le même serment
entre les mains du général. On revint en ville ; les
drapeaux furent reconduits et chacun se rendit à
son logement à 3 heures.

Le lendemain 19, la séance de la fédération fut
terminée par la rédaction et la lecture du procès-
verbal (1).

Au retour de la mission qui leur avait été confiée, les délégués des gardes-nationaux racontèrent
que beaucoup de cantons s'étaient présentés à la
réunion avec des drapeaux. La municipalité décida
aussitôt qu'elle en acquerrait un, qu'il serait déposé
dans la sacristie et qu'il n'en pourrait sortir sans
son agrément. Le drapeau fut commandé et coûta
137 l. 6 sols. Il existe encore ; il est en soie blanche.
Au milieu, se dresse une pique surmontée du bonnet de la liberté ; cette pique traverse une couronne
civique de chêne ; un sceptre d'or attaché par un
ruban bleu à la pique traverse aussi la couronne
de chêne ; plus bas, il y a un arc. Deux cornes d'a-
bondance adossées s'appuient sur la pique et ver-
sent au bas du drapeau l'une des épis, l'autre des
fruits ; à droite, une urne épanche de l'eau, symbole
de la fécondité ; un olivier, symbole de la paix oc-

(1) Voir procès-verbal de la confédération des gardes-nationales des
quatre départements formant ci-devant la province de Bourgogne et
pays adjacents, faite sous les murs de Dijon le 18 mai 1790, Dijon, Im-
primerie P. Causse, 1790.

cupe le champ du drapeau, ainsi qu'un palmier.
Sur une banderole au haut du drapeau, on lit :

« Ton règne, Liberté, ramène l'abondance »

et en bas, sur une autre banderole :

« Anime l'industrie et détruit la licence (1). »

Le 3 juin 1790 jour de la Fête-Dieu, le drapeau
fut bénit solennellement par M. Terguet, en présence des officiers municipaux et de tous les habitants réunis dans l'Eglise. La bénédiction fut
précédée du renouvellement du serment civique de
la garde nationale.

Peu auparavant le 24 mai, la municipalité revenait sur une délibération des habitants du 29 Décembre 1782 décidant la construction d'un maison
rectorale ou maison d'école. Cette construction

(1) Ce drapeau est conservé aux archives d'Arc-sur-Tille et il mérite
le respect des habitants. Il porte des traces de brûlures : il fut en effet
longtemps caché dans la cheminée de la maison Piot. Il figura au champ
de Mars à Paris le jour de la Fête de la Fédération, le 14 juillet 1790,
comme nous le dirons plus loin. Il disparut pendant bien des années.
En 1830, il fut retiré de sa cachette et il reparut à Dijon au milieu
des acclamations. Il fut de même applaudi en 1848 et en 1870. En 1870
on décida qu'il accompagnerait à Dijon le contingent d'Arc-sur-Tille qui
comptait 44 hommes. Les trois doyens d'âge du village, MM. André Curot, âgé de 85 ans, Jean Tristant, âgé de 81 ans, et Clerget-Brullebaut,
âgé de 80 ans, lui servirent de garde d'honneur jusqu'à la sortie du
village ; un certain nombre de vétérans le suivirent jusqu'à Dijon. Là,
quand on passa sur la Place d'Armes, on s'arrêta devant l'arbre de la
Liberté, qui y avait été planté et le porte-drapeau, M. Frédéric Bordot,
entonna le couplet : *Amour Sacré de la Patrie* ! qui fut chanté en
chœur au milieu des vivats et des applaudissements de la foule. — Le 9
avril 1891, il fut encore porté par M. Joudrier, ancien maire d'Arc-sur-
Tille, à l'inauguration du tramway, au moment où la municipalité et les
habitants venaient saluer à la gare le ministre M. Yves Guyot qui pré-
sidait à l'inauguration. Ces souvenirs méritent d'être recueillis et conservés ; il faut les rappeler à nos enfants, afin que, comme nous, ils
soient fiers de notre vieux drapeau.

était rendue nécessaire, disait la délibération de 1782, pour établir des classes régulières « à cause de l'ignorance de la jeunesse, de sa grossièreté et, ce qui en est une suite, la perte des mœurs, suite nécessaire de l'oisiveté. » Mais l'intendant voyant la situation obérée de la communauté, avait alors fait opposition à cette nouvelle dépense. La municipalité reprit cette délibération et décida que la maison d'école serait construite sous la surveillance du curé Terguet dans un terrain échangé à Noël Bourgeot : ce terrain joignait le cimetière au levant ; c'est celui où M. Clerget bâtit plus tard la maison qui appartient maintenant à M. Garcenot. Le bâtiment devait avoir 65 pieds de longueur et comprendrait 3 pièces de 20 pieds carrés chacune, avec une seule cheminée. Une porte unique au nord, au centre du bâtiment desservait deux des pièces, dont l'une servirait d'école et l'autre de salle de réunion à la municipalité ; une porte au levant donnerait accès à la chambre du recteur d'école. On voit qu'on était loin encore du luxe des palais scolaires actuels. Toutefois cette bien modeste maison rectorale ne devait pas encore être construite.

Les registres municipaux signalent une série de menus faits que nous résumons.

C'est d'abord Catherine Baron, femme de Jean Bourgeot, qui le 14 juin, insulte dans leurs fonctions les officiers municipaux Philibert Fournier, Simon Meulnotte, Noël Bourgeot et Jean Verrey ; elle les traite de *grigne-dents, injustes, sacrés mâtins* ; on ne nous dit pas la cause de sa colère, mais elle est condamnée à 10 sols d'amende pour les pauvres et doit faire des excuses.

C'est ensuite un achat de biens d'église, important fait par la municipalité. Les biens de l'église
avaient été mis à la disposition de la nation, mais il
fallait arriver à les vendre.

L'assemblée constituante autorisa les municipalités à faire l'achat en bloc de certains domaines qui
se trouvaient sur leur territoire ou dans le voisina-
ge, s'ils n'étaient pas revendiqués par les communes où étaient situés ces biens, sauf à les revendre
en détail. Parmi ces biens, se trouvaient des bois
appartenant aux Bernardines de Tart, des terres et
des prés de l'évêché de Dijon, 10 journaux de terre
et 8 soitures de prés de la cure d'Arc et un cens
sur le domaine de Corbeton. Le conseil général
d'Arc-sur-Tille, voulant venir en aide à la nation et
montrer son patriotisme offrit d'acheter ces biens
qui lui furent adjugés moyennant 80.672 livres. Ils
devaient être revendus un peu plus tard, en laissant
un bénéfice notable à la commune.

Par délibération du 27 juin, le conseil général de
la commune décide que les officiers municipaux
auront à l'église des places d'honneur : 5 fauteuils
leur seront réservés au chœur et un à la tribune, « afin
de surveiller les jeunes gens qui y vont et les empêcher de faire du bruit. »

On se rappelle que la municipalité, en achetant
le drapeau de la commune, avait décidé qu'il serait
déposé à la sacristie et qu'il n'en sortirait que de
son consentement ; mais la compagnie de volontaires demandait à grands cris que le drapeau fût
déposé chez son commandant. Comme c'était à la
milice nationale à faire le service militaire et
qu'elle pouvait renouveler la demande des volon-

taires, le maire assembla les habitants le 5 juillet et leur demanda leur avis. Devait-on garder le drapeau à la sacristie, ou bien fallait-il le déposer au greffe ou enfin chez le commandant de la garde nationale ? On discuta contradictoirement les avantages ou les inconvénients de chaque solution, et il fut décidé par acclamation qu'il paraissait plus convenable que le drapeau restât à la sacristie où on le prendrait chaque fois que le service l'exigerait ; qu'il serait plus tard déposé à la maison commune, aussitôt qu'elle serait construite.

Le 12 juillet, on décida qu'un corps de garde serait édifié sur la place, près de la croix d'Émailly. Il faut lire la croix de Mailly ou des Mailly qui se dressait devant l'église, non loin du château de la Motte, ayant appartenu à l'ancienne famille de Mailly.

Le 28 juin, 7 à 800 électeurs du district de Dijon s'étaient réunis à l'Eglise des Bénédictins pour élire des députés à la Fédération de Paris ; ils en désignèrent 64 ; trois étaient d'Arc-sur-Tille : Thibaut, Jacquemard et Bourgeot (1) ; leurs prénoms ne sont pas donnés : c'était François Thibaut, Bernard Jacquemard, Noël Bourgeot (le grand Noé), La tradition nomme Noël Bourgeot et Adrien Mongin et ne parle pas des deux autres. Ils emportèrent avec eux le drapeau de la commune qu'on a toujours nommé depuis le Drapeau de la Fédération.

Le même jour, à une heure et demie, la municipalité d'Arc-sur-Tille, la garde nationale, les habi-

(1) Voir *Revue de Bourgogne* : Evénements de Dijon quelqu'années avant la Révolution. 1912 p. 37.

tants, les bourgeois résidants et les forains se rassemblèrent sur la place publique pour renouveler le serment fédératif. Le matin, tous avaient assisté à la messe célébrée pour demander la tranquillité de l'état et la conservation des jours du roi. Ils se trouvaient de nouveau réunis le soir. Alors le maire prêta le serment devant la commune ; les officiers municipaux le prêtèrent après lui. Ensuite le major de la garde nationale le prêta devant la garde nationale et enfin les gardes nationaux le prêtèrent entre les mains de leur major. Après quoi, tous en chœur chantèrent sur la place même un *Te Deum* d'actions de grâce. Le procès-verbal termine en affirmant que « la paix, le bon ordre et la franchise » ne cessent de régner à cette cérémonie.

Jusqu'ici il n'y avait pas eu de trouble sérieux à Arc-sur-Tille, mais des incidents graves allaient surgir et produire des divisions et des haines qui ne cesseront plus d'agiter la commune.

Dans la nuit du 25 au 26 juillet, des gardes nationaux en tournée virent un homme qui volait des gerbes de blé. A leur vue, le voleur s'enfuit abandonnant deux gerbes. Madénié, major de la garde nationale, les fit porter au corps de garde. Le 1er août suivant, Calignon, capitaine de la garde, étant de service, vit ces gerbes et demanda ce que c'était ; un garde lui répondit que ces gerbes étaient à lui : c'était la dîme de Mangematin qui les avait laissées dans son champ. Sans autre information ni enquête, Calignon les fit porter chez lui. Madénié l'ayant appris s'en plaignit dans un rapport à la municipalité ; mais son procès-verbal n'avait pas

été fait dans les délais légaux et la justice municipale décida que ces gerbes n'ayant pas été récla-
mées ne pouvaient appartenir qu'aux décimateurs,
Calignon ou le Curé, et que, comme elles venaient
d'un canton dont le décimateur était le fermier, c'é-
tait à lui qu'elles appartenaient; il n'y avait donc aucune suite à donner à cette affaire.

Madénié, irrité de cette décision, assembla l'état-
major de la garde nationale et lui soumit cet incident. L'état-major décida que Calignon n'avait pas
le droit de se faire justice lui-même, que d'ailleurs
il n'avait pas été établi par une enquête que ces
gerbes fussent à lui et on résolut de renvoyer l'affaire au conseil du département.

Le département, après examen, décida qu'il n'y
avait pas lieu de délibérer, qu'en tout cas ce n'était
pas une affaire militaire et qu'elle devait être ren-
voyée au bailliage.

L'agitation était extrème à Arc-sur-Tille. C'était
le curé Terguet, comme président de la justice municipale, qui avait prononcé dans l'affaire Calignon;
Madénié, le demandeur, Jacquemard, Thevenard et
Bernard qui n'aimaient pas Calignon, répandirent
le bruit que Calignon et le Curé s'entendaient. Celui-
ci prévenu protesta et déclara que pour prouver le
contraire, il ne mettrait plus les pieds chez Calignon. Calignon en fut très irrité et accusa le Curé
de faiblesse. A ce moment d'ailleurs, il était aux
prises avec la garde nationale pour l'affaire des gerbes. Il venait d'être condamné à 12 livres d'amende
ou à quelques jours de prison. Il refusa de payer
l'amende. Le 5 novembre, on vint chez lui pour
l'arrêter, il était à Lux. Le 11, on l'appela à la com-

mune ; on comptait l'arrêter à la fin de la séance ;
mais la clôture eut lieu plus tôt qu'on ne le pensait
et la garde n'était pas prête. Calignon sans défian-
ce sortit avec le Curé et l'accompagna à la cure.
Jacquemard fit appeler la garde en toute hâte et fit
cerner la cure ; mais Calignon fit venir ses domestiques qui le délivrèrent et le ramenèrent à son
logis.

On conçoit que de troubles causaient de tels
événements. Tous les membres du conseil général
de la commune n'étaient pas partisans de ces dis-
cussions et s'inquiétaient des divisions dés partis.
Aussi Simon Meulnotte, Adrien Heudelot et Jean
Verrey donnèrent-ils leur démission en invoquant
leur santé, mais aussi leur tranquillité. Jacquemard
père la donna aussi, mais sans la motiver, disant
simplement que c'étaient pour raisons connues de
lui, ce qui ne semblait pas douteux en effet.

Nous avons vu que la commune était en lutte avec
le duc de Saulx et qu'un arbitrage avait été nommé
pour terminer le différend. Les arbitres se pronon-
cèrent sur la question du bois dont la coupe avait
été interrompue : la commune était déboutée, parce
qu'en 1701, elle avait renoncé à ce bois. La commune céda sur ce point ; mais nous ne voyons pas
bien ce qui s'est passé pour les autres affaires.
Dans une délibération, les habitants se plaignent
que le seigneur leur eût manqué de parole sur le
reste de leurs revendications et ils demandent et
obtiennent du district l'autorisation de poursuivre
en justice. Ils obtiennent en même temps l'homo-
logation de leur délibération par laquelle ils demandaient l'abolition des banalités et des servitudes

personnelles auxquelles ils ne voulaient plus être assujettis

IV

L'ASSEMBLÉE LÉGISLATIVE

Nous suivons dans l'histoire de la Révolution à Arc-sur-Tille les divisions mêmes de notre histoire nationale pour nous permettre de mieux situer les faits que nous racontons. En réalité, l'histoire de la Révolution à Arc-sur-Tille ne comprend que deux époques : avant la Convention, où l'on voit les idées nouvelles se répandre, se développer et où commencent les partis qui agiteront la 2e période, celle de la Convention.

Des troubles s'étaient produits dans la garde nationale astreinte à un service régulier et qui s'accordait mal avec les travaux des champs. Aussi fréquemment des manquements de service et même des actes d'indiscipline avaient eu lieu. Après l'engouement du premier moment, et, nous pouvons bien le dire, la première griserie patriotique, la lassitude était venue : au retour d'une journée de labeur, il était dur de passer la nuit en patrouille ou au corps de garde. D'autre part, des conflits s'étaient élevés à plusieurs reprises entre les chefs de la garde nationale et l'administration municipale. La municipalité ayant demandé une garde pour la foire du 4 septembre et une aussi pour maintenir l'ordre lors de l'assemblée générale des officiers municipaux du canton convoqués à Arc-sur-Tille, n'avait point été obéie et le service de la garde nationale avait cessé complètement depuis le 4 septembre.

D'après le règlement adopté par la garde nationale, les officiers devaient être réélus tous les trois mois. Le 7 octobre, la municipalité décida que le moment de ce renouvellement était arrivé et les habitants furent par elle invités à se réunir le 10 octobre pour y aviser et élire le major de la garde nationale, qui, nommé par les habitants, devait ensuite lui-même surveiller dans chaque compagnie l'élection des autres officiers.

Le 10, Jacquemard père, procureur de la commune étant absent, on invita François Clerget, le plus ancien des officiers municipaux, à remplir les fonctions de procureur. Il accepta et demanda que les élections eussent lieu. Les habitants élurent aussitôt comme major Hugues Bourrelier, ancien artilleur. On décida en outre que les élections des autres officiers se feraient à la mairie et que le drapeau continuerait à être déposé dans la sacristie.

Cette assemblée et cette première élection semblent indiquer qu'il existait auparavant une certaine agitation qui s'accrut encore. Le maire alors convoqua pour le 7 novembre une assemblée des citoyens actifs et il fit déclarer que ceux qui n'y viendraient pas seraient punis d'une amende de 3 livres 5 sols. L'assemblée eut lieu à l'issue des vêpres, et l'ouverture en fut annoncée par la cloche : 140 citoyens actifs étaient présents sans compter les citoyens civiques, c'est-à-dire les jeunes volontaires de la garde nationale. Le maire rappela les diverses délibérations prises au sujet de la garde nationale, celle du 13 septembre 1789 qui l'établissait, celle du 5 juillet 1790 qui la réorganisait et en fixait le règlement, et celle récente du 10 octobre où Hugues Bourrelier avait été élu major. Il fit relire ces délibérations, afin d'éviter tout malentendu, puis il posa cette question à l'assemblée : « Ces délibérations seront-elles exécutées ? » Oui ! répondit l'assemblée par 100 voix contre 4. Les jeunes civiques, par jeu probablement, déclarèrent qu'il y avait doute. Le vote fut recommencé et cette fois l'unanimité fut obtenue en faveur de l'exécution des délibérations.

Le maire alors parla des divisions de la garde nationale où deux partis s'étaient formés : celui des citoyens actifs, des pères de famille et celui des jeunes citoyens civiques et d'un très petit nombre de citoyens actifs. Il proposa aux deux partis de s'unir en un seul en répétant leur serment de dévouement à la patrie et d'obéissance à la loi et au roi, d'écarter tout les motifs particuliers de haine, d'oublier le passé, d'effacer du registre de la garde nationale les rapports faits les uns contre les autres et de les déclarer nuls avec défense d'en jamais parler. Ces propositions furent accueillies par des acclamations et par la satisfaction générale de tous les citoyens réunis.

Pour éviter le retour des divisions, le curé proposa de laisser à l'état-major de la garde le soin de prononcer les punitions légères, mais de faire ratifier les jugements par la municipalité, quand la peine serait plus sérieuse ; on éviterait ainsi de mettre de la passion dans les jugements. Cette proposition fut encore acceptée par acclamation.

Le président reprit encore la parole. Il montra que le règlement de la garde nationale de Dijon, adopté pour celle d'Arc-sur-Tille, était rebutant pour les jeunes gens qui ne pouvaient arriver à aucun grade ; il demanda s'il ne serait pas possible de le rendre plus accommodant. Après un débat contradictoire, l'assemblée décida que les grades supérieurs seraient réservés aux citoyens actifs (1), mais que les autres grades, porte-drapeau, sergents, caporaux, pourraient être dévolus aux jeunes. Le président demanda encore s'il ne serait pas bon d'en référer sur tous ces points aux assemblées du district et du département pour faire approuver par eux les décisions qui venaient d'être prises et leur donner ainsi plus de force ; l'assemblée fut encore de cet avis.

La nuit était venue ; bien des citoyens se retirèrent sans signer cette délibération, qui porte cependant un bon nombre de signatures.

A ce moment, survint Bernard, le chirurgien, qui sans rien savoir de ce qui s'était passé, déclara qu'il s'opposait à ce que la municipalité se mêlât des affaires de la garde nationale, puis, après plusieurs expressions inconvenantes, déclara qu'on lui avait fait du mal et qu'il était heureux d'en faire à son tour. Il influença les citoyens civiques qui s'éloignèrent avec lui sans signer la délibération.

(1) Les citoyens actifs devaient être âgés de 25 ans, payer une contribution de la valeur de trois journées de travail et n'être pas en état de domesticité.

Bernard avait des motifs de haine contre le curé et aussi contre Calignon. M. de Saulx donnait cent livres à Normand (1), chirurgien de Binges, pour soigner les pauvres d'Arc-sur-Tille, le fermier et l'intendant de M. de Saulx avaient fait évincer Bernard. Celui-ci déclara qu'il soignerait les pauvres gratuitement, mais il demanda à la municipalité de lui allouer 100 livres. Il gagna les Jacquemard qui invitèrent le curé à dîner et lui exposèrent la requête de Bernard. Le curé répondit : « La municipalité ne peut y faire droit, parce que la commune est trop endettée ; je suppose pour un moment que l'on accorde au citoyen Bernard sa demande de 100 livres, à la fin de l'année, il joindrait un mémoire de drogues qui se monterait à 600 livres. » Bernard n'ayant pu gagner le curé s'adressa à la municipalité qui répondit aussi par un refus.

De plus le gouvernement ayant envoyé des médicaments pour les pauvres chargea le curé d'en faire la distribution, et ainsi d'autres malades furent soignés gratuitement.

La haine de Bernard contre le curé-maire avait donc un motif intéressé : il accusait le curé de vouloir l'affamer.

A la suite de la séance du 7 novembre, Bernard adressa contre le maire une plainte au district.

Il déclarait que les délibérations des 5 juillet, 7 et 10 octobre avaient toujours été rejetées par la majorité des habitants ; qu'elles n'avaient été faites que par la municipalité et 4 ou 5 habitants, tous

(1) Normand était marié à Marie-Anne Montenot, fille de l'ancien receveur du château et belle-sœur de Pierre Jacquemard.

gens à la main du maire qu cherchait à diviser la
garde nationale et la municipalité ; que la saine
majorité des citoyens assemblés ayant demandé
qu'on procédât par voie de scrutin à l'élection des
officiers, le maire soutenu par les sieurs Calignon,
Joannet et autres. s'y était constamment opposé.
Bernard et ceux qui avaient signé cette plainte avec
lui demandaient que la municipalité fût invitée à ne plus se mêler des affaires de la garde nationale et que la délibération du 7 novembre fût
annulée.

Le district décide que des explications seront
demandées à la municipalité.

En conséquence, le maire convoque le conseil
général de la commune le 25 novembre. Au début
de la séance, il expose le motif de la réunion et il
ajoute que si quelqu'un du conseil a signé la plainte
sur laquelle on va délibérer, il semble convenable
qu'il se retire sans prendre part à la délibération.
Bernard réplique qu'il s'est plaint du curé et que
dès lors le curé doit se retirer aussi. Le curé
déclare qu'étant chef de la municipalité il doit
répondre lui-même au district, qu'il ne peut donc
se retirer. Bernard s'emporte, injurie plusieurs
membres qui en demandent acte.

A la plainte de Bernard, se joignait une requête des officiers de la garde nationale, du 21 octobre, portant que son major se pourvoira contre
les délibérations des 7 et 18 octobre, et une autre
requête du 28 demandant de faire défense à la municipalité de s'occuper de la garde nationale,
d'annuler les délibérations prises par elle et de
laisser les citoyens actifs des quatre compagnies

procéder à leurs élections hors de la présence des officiers municipaux.

Le curé, dans tout ce que nous venons de raconter, avait-il des vues et des animosités personnelles ? c'est probable ; cependant il avait pour lui des apparences de raison : il rétablissait l'ordre et l'union, mais il s'immisçait illégalement dans des questions qui n'étaient pas de sa compétence, et le district et le département durent lui donner tort en annulant les délibérations incriminées, en ordonnant que le drapeau serait déposé chez le major, que les élections se passeraient hors de la salle de réunion du conseil général ; mais il invitait les chefs de la garde à être modérés dans les punitions infligées et à déférer aux réquisitions des officiers municipaux.

Dans la réunion du 7 novembre, Terguet avait attaqué Madénié. Il avait dit en parlant de lui : « Ce jeune étranger, mis à la tête de la garde nationale jette la division dans la paroisse. » Il aurait même ajouté, disait-on, que Madénié avait envoyé quatre personnes pour l'assassiner.

Madénié adressa aussitôt une plainte au district qui déclara que cette affaire regardait les tribunaux ordinaires.

Mais Terguet avait écrit aussi au district pour se disculper. Il niait les propos qu'on lui avait prêtés. Il n'avait jamais dit que personne fût venu pour l'assassiner ; Madénié d'ailleurs en était bien incapable : c'était un homme franc qui abhorrait le crime. Aussi comprenait-on la peine de Madénié quand il avait appris que de pareils propos étaient tenus sur son compte ; mais ces propos sont faux et lui Terguet, il a autant le droit d'en être blessé que Madénié, car il est incapable de les tenir. Aussi demande-t-il qu'on en prévienne Madenié. Le district décida que la lettre de Terguet serait communiquée à Madénié qui, sans doute, ne persista pas dans sa plainte, car nous n'en trouvons plus de trace.

Nous avons voulu suivre jusqu'au bout ces incidents de la garde nationale, mais d'autres incidents non moins graves avaient surgi.

Le 29 octobre 1790, avait lieu l'élection du juge de paix. Peu auparavant Jacquemard père dont les affaires étaient embarrassées avait dû déposer son bilan au greffe de Dijon et Terguet pour le sauver avait répondu pour lui de 27.000 livres. Calignon l'avait su. Il résolut de l'empêcher de voter ainsi que son fils Celse, sous prétexte qu'ils étaient en faillite et par suite n'étaient plus citoyens actifs. Le jour de l'assemblée primaire, la garde nationale fut mobilisée, sans que le maire en eût donné l'ordre Terguet en arrivant à la salle de vote demanda qui avait appelé la garde, attendu qu'à la municipalité seule appartenait ce droit. Bernard lui répondit : « Qu'est-ce que cela te fait ? Jean-foutre ! gueux ! Il t'appartient bien, coquin, de trouver à redire à ce que fait la garde nationale ! » Le fils Jacquemard lui-même dit au curé : « La municipalité n'a aucun droit sur la garde nationale, et l'on pourrait bien vous donner de l'eau sur les doigts. »

Le maire blessé se retire. On élit alors un président et un secrétaire et l'on procède à l'appel nominal. Au nom de Jacquemard, Calignon s'avance et déclare que Jacquemard n'est pas citoyen actif.

Celui-ci proteste ; Calignon insiste, déclare que Jacquemard est en faillite et que Terguet le sait bien. L'assemblée décide d'appeler Terguet qui revient à l'assemblée. Jacquemard essaie de le circonvenir et de lui faire dire qu'il ne lui doit rien. « La somme est trop forte », répond Terguet, et, devant l'assemblée, il avoue les faits. Les deux Jacquemard sont exclus et Bornier est nommé juge de paix.

Celse Jacquemard était l'un des administrateurs du département ; il craignit de perdre sa place et il résolut de s'arranger avec le curé, à qui son père redevait encore 2050 livres. On lui donna 600 livres comptant, un billet de trois cents livres payable par Braud, neveu de Jacquemard, et des billets de 100 livres payables d'année en année.

Les deux Jacquemard adressent aussitôt une requête au district demandant l'annulation de l'élection du 29 octobre ; cette requête est signée par 15 habitants d'Arc-sur-Tille, une autre protestation de 36 citoyens d'Arc-sur-Tille, Remilly, Arcelot, Couternon et Bressey, se plaint des irrégularités de l'élection : la motion qui a exclu les deux Jacquemard n'a pas été délibérée ; le procès-verbal qui s'en est suivi n'a pas été lu ; le bureau a été assailli et il leur a été impossible de se faire entendre.

Le district avait reçu le procès-verbal de l'election commencée le 29, close le 31 et portant à la date du 29 la dénonciation de Calignon contre les deux Jacquemard. Calignon avait déposé comme preuves : 1° un certificat du greffier de la justice consulaire de Dijon portant que le sieur Jacquemard a déposé son bilan au greffe de cette justice :

2° un certificat de ce bilan ; 3° un extrait du con-
trat de mariage de Celse Jacquemard du 3 février
1788. Mais Jacquemard père et fils protestent que
ce dépôt de bilan n'a pas eu de suite, qu'ils ne doivent
rien à personne et que néanmoins, sur la demande
des citoyens d'Arcelot, Arceau, Fouchanges, Couternon et d'une partie de ceux de Remilly, ils ont été
exclus de l'élection.

Buvée qui avait été envoyé pour faire une enquête et qui avait interrogé 15 citoyens, déclare qu'il
résulte de son enquête qu'il n'a pas été délibéré
sur les causes d'inactivité opposées aux deux Jacquemard, qu'il semble que tous les bulletins de
vote n'ont pas été écrits sur le bureau, que les
scrutateurs n'ont pas travaillé seuls au dépouillement.

D'autre part, Jacquemard a désintéressé une partie de ses créanciers, mais pas tous. Toutefois son
actif qui s'élève à 50.397 livres dépasse son passif
qui n'est que de 28.940 livres. Il doit se faire réha-
biliter et en attendant il ne doit pas prendre part au
vote, mais son fils ne peut être exclu. L'élection
fut annulée et une nouvelle élection fut fixée au 12
décembre ; elle devait se faire sous la surveillance
d'un commissaire du district ; ce fut Démorey qui
y fut envoyé. Arrivé le 12 décembre, il fait sonner
la cloche pour annoncer l'assemblée. Dès l'ouverture de la séance, Joannet prend la parole et déclare que le vœu de l'assemblée est que l'élection du
28 octobre soit validée, « ce qui, dit le commissaire,
a paru accueilli par la majeure partie. » Mais il
était venu avec ordre de procéder à une élection
nouvelle : aussi rappela-t il qu'on devait se confor-

mer aux ordres du département et du district. Il
fut alors décidé « tumultueusement » qu'on ferait
l'appel nominal pour savoir le nombre de ceux qui
persistaient dans la première nomination et de
ceux au contraire qui voulaient la recommencer.
Quand ce fut le tour de Terguet d'opiner, il déclara « qu'il avait beaucoup de respect pour le district
et pour le département, que cependant il croyait
que pour ramener la paix il fallait que la nomination du 28 octobre dernier fût valide, et que l'on avait
employé beaucoup de mensonges pour la faire recommencer. » L'appel fini, 13 citoyens actifs seulement s'étaient présentés et plusieurs s'étaient retirés en disant au commissaire qu'ils ne voulaient
pas s'expliquer en public sur la matière mise en
délibération. Le commissaire fut obligé de renvoyer
l'élection au lendemain et de demander pour maintenir l'ordre, des troupes au département.

Sur le soir, une autre rixe grave éclata. Celse
Jacquemard de concert avec Madenié, voulut arrêter Calignon au moment où il sortait de l'assemblée. Il en résulta une vraie bataille. Quelques citoyens vinrent demander du secours à l'assemblée.
Le maire se transporta sur le lieu de la querelle.
La tradition rapporte que c'était à l'angle du cimetière, sur la place de l'église. En arrivant, le maire
voit plusieurs personnes qui se tenaient aux che-
veux ; il leur ordonne vainement de se séparer ;
leur nombre augmente ; les combattants roulent à
terre. Le curé revient à l'assemblée demander qu'on
s'interpose ; plusieurs citoyens se joignent à lui et
on parvient à les séparer, mais leur colère se tourne alors contre le curé qui est obligé de s'enfuir

dans une maison voisine. Les jeunes volontaires de la garde nationale qui avaient pris part à cette rixe étaient furieux et voulaient venger leur chef Madenié qui avait failli être tué : un coup de serpe lui avait été porté à la tête : heureusement sa queue, très épaisse, avait amorti le coup ; mais elle avait été coupée. Les volontaires se rendirent chez Madénié avec Jacquemard et ils dressèrent une plainte contre le curé qu'ils appelaient l'assassin de Madénié. A ce moment Terguet était estropié de la main droite ; on ne pouvait l'accuser d'avoir porté le coup de serpe, on se contenta de dire qu'il avait donné des coups de pied à Madénié.

Le lendemain, l'élection du juge de paix put avoir lieu ; il y eut 95 votants et Marchant de Corbeton eut la majorité des voix ; il prêta serment le 18 décembre et il choisit Jacquemard père pour greffier.

Mais dès le 13, Fouchanges, Arceau et Arcelot protestaient contre cette élection, puis c'était Couternon le 18, Bressey le 19, Remilly le 22. Ces protestations émurent le département : les termes en étaient sans doute un peu violents et elles semblaient méconnaître les droits du corps administratif. On faillit les annuler. Cependant comme elles soumettaient la question à l'Assemblée nationale, on voulut bien les considérer comme des pétitions ; seulement on somma les intéressés de reconnaître provisoirement le nouveau juge de paix, jusqu'à ce que l'Assemblée nationale en eût autrement ordonné.

Autre incident d'élection.

L'Assemblée nationale avait décidé que les membres élus des conseils généraux des communes seraient rééligibles par moitié tous les ans. Le premier renouvellement aurait lieu en 1790, le dimanche qui suit la Saint-Martin, les électeurs devaient être convoqués 8 jours avant l'élection. La municipalité d'Arc-sur-Tille interpréta mal ce décret : au lieu de fixer l'élection au dimanche 14 novembre, elle fit de ce jour l'ouverture de la période électorale et fixa les élections au 21 novembre.

Les électeurs devaient eux-mêmes, d'après la loi, inscrire leurs noms sur le registre des citoyens actifs ; mais, à la date du 21, une dizaine seulement de citoyens avaient pris cette précaution.

Il fallait donc ou renvoyer l'élection ou y procéder en inscrivant séance tenante les noms des électeurs, ce qui eût été irrégulier, eût amené du trouble et sans doute des protestations. Terguet renvoya l'élection au jeudi 25.

Dans la réunion du 24, Terguet déposa un mémoire de dépenses de 291 livres 7 sols faites à la maison rectorale ; cette dépense n'avait pas été autorisée.

Le procureur de la commune, Jacquemard, demanda aussi qu'on profitât des beaux jours pour procéder à la réfection des rues inondées et ruinées l'année précédente. Le curé lui répondit qu'il avait été chassé de l'assemblée primaire et qu'il n'avait rien à voir aux dépenses communales. Le procureur voulut alors inscrire sa réquisition sur le registre des délibérations, mais le maire s'en saisit et sortit en l'emportant.

L'occasion était trop belle pour ne pas être saisie par les ennemis du curé. Une plainte fut envoyée

au district ; elle était signée du procureur, de cinq
notables et de huit autres citoyens et parmi eux
Bernard, Thevenard et Braud. On se plaignait du
retard apporté par le maire aux élections qu'il avait
fixées induement au 21, puis renvoyées au 25. Le
district demanda des explications. La municipalité
envoya une réponse assez diffuse, mais qui était de
bonne foi ; elle invoquait les causes que nous avons
données.

Le district accepta ces raisons, blâma les travaux entrepris à la maison rectorale sans autorisation et qui ne seraient remboursés que lorsque le
district et le département les auraient approuvés,
puis il fixa les élections au 12 décembre.

Thevenard fut élu procureur de la commune ; 4
officiers municipaux étaient à remplacer ; on élut
Bernard, Noël Bourgeot, Philibert Fournier et
Jean Venot père. On élut aussi 8 notables : Martin
Lhuilier, Martin Maître, Martin Pécaut, G. Thibaut, Jean Venot fils, Martin Curot, Martin Thevenin, cabaretier et Martin Bourgeot, maréchal.

Une plainte avait donc été envoyée contre le curé à la suite de l'agression dont Madénié avait été
victime. La petite Verrey, fille de Suzanne Verrey,
avait assisté à la rixe et avait dit qu'au moment où
le curé s'était jeté au milieu des combattants, il
avait juré : Nom de Dieu ! Le jour de Noël, au catéchisme, le curé lui aurait reproché sa déposition
et l'aurait menacée de ne pas l'accepter à la première communion. Le même jour, il aurait fait un sermon contre la Constitution. Il y eut deux nouvelles
plaintes contre lui. Dans l'une, Suzanne Clémence,

veuve Verrey, lui reprochait les menaces faites à
sa fille.

Le curé y répondit par une longue lettre. Il explique ainsi l'incident de la petite Verrey :

« Arrivé au tour d'interrogation de la petite
Verrey, il lui demanda de réciter le onzième article du Symbole. Elle ne put répondre. Il lui dit
alors : « Vous n'étiez pas dimanche dernier au catéchisme ? — a répondu : j'y venois qu'on en sortoit.
— Il y a quinze jours, vous ne pûtes réciter le
symbole des apôtres ; je vous ai recommandé de
l'étudier, récitez-le. — Mlle Verrey a récité le
Pater. Je lui ay commencé le symbole en françois et l'ai priée de continuer : — n'a pu. Je lui ay
aidé à le réciter jusqu'à la fin. »

Pour exciter son émulation, il lui dit alors que
ceux-là seuls qui sauraient leur catéchisme feraient
leur première communion. Puis il lui demanda si
elle n'était pas allée déposer sur la rixe du 12 décembre et, sur sa réponse affirmative, il lui reprocha d'avoir dit qu'il avait blasphémé ; elle n'avait
pas compris ce qu'il avait dit. Il avait demandé aux
combattants de se séparer au nom de Dieu et il
avait prié ceux qui les regardaient de les séparer au
nom de Dieu. Il espérait que si elle était appelée de
nouveau, elle serait moins intimidée et dirait
exactement ce qui s'était passé.

Quant à son sermon, nous citons textuellement
la lettre de Terguet.

« Ledit jour, le curé a fait une instruction à ses
paroissiens sur le mystère du jour, pendant la troisième messe ; il s'est servi du voyage de Joseph et
de Marie à Béthléem par l'édit de César, pour por-

4

ter le peuple à l'obéissance à la loi, à l'assemblée
nationale, au département, au district et aux municipalités, que le maintien de la constitution et la
tranquillité de la France en dépendoit; qu'il ne falloit pas s'exposer par des querelles particulières à
faire croire aux ennemis de la Constitution qu'ils
pourroient espérer un changement favorable à
leurs désirs.

« J'ai prié les jeunes volontaires de réfléchir sur
le nom qu'ils portoient, sur les engagements qu'ils
avoient contractés envers la patrie ; je leur ai rappelé que, comme plus jeunes, plus robustes, plus
agiles, ils avoient pris les armes pour ménager la
santé de leurs pères, pour maintenir l'ordre et surveiller les complots contre la patrie, mais que leurs
cœurs inconstants et volages n'avoient pensé ainsi
qu'un instant, qu'ils avoient changé le respectable
nom de volontaires de la patrie en volontaires de
leur opinion, de leur volonté, qui les avoit fait dé-
générer dans l'esprit des personnes prudentes et
sages. Et attendu l'indépendance et l'exaltation des
têtes de la jeunesse, j'ai mis sous leurs yeux, pour
les porter à l'obéissance envers leurs parents, l'o-
béissance du fils de Dieu envers son Père ; que la
vertu d'obéissance redressoit les caprices, les légè-
retés et les humeurs de la jeunesse, qu'elle les formoit de bonne heure à la vertu, mais qu'ils pré-
féroient leur jugement sans expérience à celui de
leurs pères déjà formés par les évènements ; qu'ils
compromettroient leur tranquillité, leur fortune et
celle de leurs familles ; que j'avois appris que l'expérience seule formoit ; que je les priois d'écouter
les avis de leurs parents ; qu'ils ne les chagrinassent

pas sur le retour de l'âge, à moins qu'ils ne voulussent se perdre eux-mêmes ; que Dieu étoit le protecteur et le vengeur des pères et des mères contre les enfants désobéissants ; qu'ils pouvoient déjà réfléchir sur les évènements qui se passoient dans cette paroisse sous leurs yeux ; qu'ils y puiseroient des choses utiles ; que je les regardois comme un châtiment de Dieu pour punir mes négligences, et l'idolâtrie des pères et des mères envers leurs enfants : pour punir l'insubordination, la désobéissance de ces derniers envers leurs parents, de même que leurs débauches ; qu'il falloit que nous rentrassions tous dans l'ordre par la voix de la pénitence à la vue du fils de Dieu qui s'humilioit, qui souffroit pour nous donner l'exemple ; que nous ne devions pas négliger l'invitation de l'Ange qui, en nous annonçant que la gloire doit être rendue à Dieu, nous apporte aussi la paix, paix qui doit faire le bonheur des hommes de bonne volonté qui consiste moins à faire la nôtre que celle de Dieu, paix qui fait, dès cette vie, le bonheur des hommes et n'est qu'une faible idée de celui que Dieu leur promet, pour lequel je ne cesserai de faire des vœux sincères pour eux et pour moi. »

Nous avons tenu à citer cette longue page que nous donne une idée d'un sermon de curé de campagne au moment de la Révolution.

Thevenard avait remplacé Jacquemard comme procureur de la commune. Il assembla la municipalité à l'insu du maire et fit prendre une délibération contre lui ; on se plaignait des désordres provoqués par le curé, des conséquences qui en pouvaient résulter pour la religion et on demandait au directoire d'aviser.

Terguet demanda l'annulation de cette délibération qui était irrégulière, puisque le procureur n'avait pas le droit d'assembler les conseils de la commune. Terguet terminait ainsi sa lettre adressée aux administrateurs du département :

« Je vous prie, Messieurs, d'agréer au renouvellement de cette année, celui de mes serments en faveur de notre sainte constitution ; je jure pour chaque jour de ma vie, de la maintenir au prix de ma fortune et de mes jours ; dans ma jeunesse, j'ai servi le roy avec l'éloge de mes supérieurs (au régiment de Guyenne, compagnie de Perrault demeurant à Châlon-sur-Saône). J'ignorois alors que la guerre ou la paix se faisoient suivant l'ambition d'un ministre ; aujourd'huy que je sçais que nous combattons pour notre liberté, je vous rendrai bon compte des ennemis que vous me ferès observer. 10 janvier 1791. »

L'année qui commençait allait être marquée par un fait important dont les conséquences furent considérables pour le village d'Arc-sur-Tille : nous voulons parler de la vente des biens nationaux. Il s'agit ici des biens nationaux de première origine, c'est-à-dire les biens d'église qu'un décret de l'Assemblée avait mis à la disposition de la nation, sauf à celle-ci de pourvoir à tous les besoins du culte. Ce n'est que plus tard qu'on vendra les biens des émigrés.

Les biens de l'église à Arc-sur-Tille formaient deux groupes. 1° Ceux que la commune d'Arc-sur-Tille avait été autorisée à acheter, comme nous l'avons dit précédemment et qu'elle devait remettre en vente. 2° ceux qui n'avaient pas été vendus à la commune. Dans le premier groupe, se trouvaient des biens situés à Couternon, Bressey et Remilly, qui furent revendus avec les autres biens d'église de ces communes ; il y avait aussi des biens de la cure d'Arc-sur-Tille : 10 journaux et 8 soitures de prés : ils furent adjugés le 12 janvier 1791 à Madénié moyennant 7660 livres, sur une estimation de 4600 livres 4 sols 2 deniers. Le second groupe comprenait : 1° Les biens de la chapelle Notre-Dame se composant de 25 journaux de terres labourables et de 11 soitures de prés. Ils étaient estimés 8125 livres 14 sols. Ils furent mis en vente le 29 février 1891. Terguet mit une première enchère et les porta à 9000 livres. mais Madénié fut encore déclaré adjudicataire à 15.600 livres. 2° Les biens de la fabrique : 60 journaux de terres et 30 soitures de prés, estimés 13.764 livres 17 sols furent adjugés à Calignon moyennant 26.400 livres. C'est un total de près de 50.000 livres, alors que ces biens avaient été estimés un peu moins de 40.000 livres. Le prix du journal ressortait en moyenne à 133 livres dans la première vente, à 425 livres dans la seconde et à 293 dans la troisième.

La vente était donc faite à un prix élevé, car alors les assignats n'avaient presque rien perdu de leur valeur. On peut se rendre compte de l'élévation du prix en les rapprochant des ventes antérieures. C'est ainsi qu'en 1780, on avait vendu à Arc-sur-Tille 157 journaux de terre moyennant 36.000 livres soit 229 livres le journal, et en 1784, on avait vendu 120 journaux moyennant 24.000 livres, soit 200 livres le journal (1). Il faut remarquer qu'on n'avait pas morcelé les lots et que par suite la petite épargne avait été écartée des enchères.

Le district avait demandé l'inventaire des biens de la fabrique. Cet inventaire devait avoir lieu le 17 janvier ; mais Terguet fit savoir que ce jour-là ses affaires personnelles ne lui permettaient pas d'assister à l'inventaire et il le fit remettre au jeudi suivant. Il ajoutait qu'il avait d'ailleurs dressé cet inventaire, qu'il en avait déposé une copie au secrétariat de la municipalité et en avait envoyé une autre au département.

La municipalité vit là un faux-fuyant pour éviter de faire un inventaire de concert avec le conseil général. Elle protesta, déclara incomplet l'inventaire de Terguet, car il n'y était pas question de l'argent déposé dans un vieux coffre et plusieurs autres objets étaient omis, et décida que l'inventaire se ferait devant le corps municipal. Il ne semble pas que le curé ait fait de nouvelles difficultés. L'inventaire fut dressé le 20 janvier.

Il en résulte que l'argenterie de l'église pesait 36 marcs 6 gros, c'est à-dire 9 kilogrammes 25 grammes. Il n'y a qu'un objet intéressant, une vieille croix en bois, garnie et entourée de plaques d'argent, d'un Christ, d'un saint Martin, d'anges et d'armoiries en argent en partie doré. L'église renfermait cinq autels (2) et possédait trois cloches.

---

(1) Voir Amédée Vialay, *La vente des biens nationaux.*
(2) Les documents que nous avons consultés donnent 6 autels : le maître-autel, l'autel Notre-Dame, l'autel des Rois, l'autel Saint-Nicolas, l'autel Sainte-Anne, l'autel Saint-Côme et Damien.

Le vieux coffre fut ouvert ; on y trouva 1682 l. 16 s. 6 d. plus 33 pièces démonétisées valant une trentaine de livres. Il renfermait aussi des titres divers, titres des fondations, des acquisitions de la fabrique, titres de la communauté, un terrier de 1617, etc. Tous ces documents furent retenus par la municipalité.

Le coffre était en mauvais état ; le conseil général voulut faire déposer l'argent chez Richard, trésorier de la commune. Le curé s'y opposait, craignant que l'argent ne fût prêté à des particuliers et perdu. André Clopin, l'un des fabriciens, soutenait le curé ; l'autre fabricien Jean Devienne appuyait le conseil général. A ce moment, l'un des conseillers jeta l'argent dans le coffre, le ferma à clef et prit la clef, et le conseil, malgré l'opposition du curé, décida que l'argent resterait entre les mains de Richard.

Le même jour, Terguet avait annoncé qu'il prêterait solennellement le serment civil le dimanche 23. Nous lisons en effet dans le registre des délibérations :

« L'an 1791, le 23 janvier, M. Nicolas Terguet, curé d'Arc-sur-Tille, a prêté serment de veiller avec soin sur les fidèles de la paroisse qui lui est confiée, d'être fidèle à la nation, à la loy et au roy et de maintenir de tout son pouvoir la constitution décrétée par l'assemblée nationale et acceptée par le roy ledit serment prêté pendant l'office divin en présence des officiers municipaux, conseil général de la commune et des habitants de ladite paroisse y invités à cet effet. »

A plusieurs reprises, on avait décidé de construire une maison commune, mais les ressources de la commune paraissaient insuffisantes, et l'intendant d'abord, puis plus tard le directoire de district par deux fois s'y étaient opposés. On louait une maison à Noël Bourgeot, mais elle était trop petite, de plus le propriétaire voulait l'occuper et on n'en trouvait pas d'autre à louer. Quelqu'un proposa d'acheter une maison qui appartenait au chanoine Lardillon et qui était située sur l'emplacement de la maison commune actuelle.

Le 28 janvier, les habitants se réunirent pour en délibérer. M. Terguet présida l'assemblée. M. Lardillon demanda 2.100 fr. de sa maison. La commune lui offrit 1.200 l. comptant, le reste serait payé en cours d'année. Le marché fut conclu et la fabrique avança les 1.200 l. C'était encore une fois une irrégularité, mais qui finit par être acceptée.

Cependant le traitement des curés devait être basé sur leurs anciens émoluments ; le traitement minimum était fixé à 1.200 l. auxquelles on devait ajouter la moitié des revenus que le curé avait en sus. M. Terguet déclara que la cure lui produisait 1930 l. Il eut donc un traitement de 1.200 l. plus la moitié de 730 l. soit 365 l. ou en tout 1.565 l.

A ce moment, l'agitation était extrème en France ; des troubles éclataient de tous côtés ; le schisme religieux voté par l'assemblée ajoutait encore au désordre. On ne parlait que de complots et de conspirations. Le bruit courait que Louis XVI voulait fuir à l'étranger ou se retirer au milieu de l'armée du marquis de Bouillé et marcher à sa tête contre l'assemblée ; une correspondance active s'échangeait entre Mirabeau, La Fayette et Bouillé sur les mesures à prendre ; c'était une conspiration contre l'assemblée, mais les conspirateurs ne s'entendaient pas entre eux. Toutefois ces bruits, ces négociations avaient eu un certain retentissement dans le pays. Les gardes nationales de la Côte-d'Or s'émurent et vinrent attester hautement leur patriotisme auprès du directoire du département. La garde nationale d'Arc-sur-Tille fut une des premières à envoyer une députation au département. Madénié en était le chef : La députation fut admise à la séance du 28 février. Madénié eut la parole. Après avoir fait allusion à la gravité de la situation, à la nécessité de se défendre contre les ennemis du dedans et ceux du dehors : « Nous venons donc, ajouta-t-il, vous offrir nos personnes, tout prêts à partir à la première réquisition, et jurons de nouveau entre vos mains, d'être à jamais fidèles à la nation, à la loi, au roi, de maintenir de tout notre pouvoir la constitution décretée par l'Assemblée nationale, acceptée par le roi et de vivre libres ou mourir. » Un membre de la députation a pris encore la parole après Madénié, a répété que les gardes nationaux d'Arc-sur-Tille étaient prêts à marcher au premier signal partout où les besoins de la patrie l'exigeraient « puisque, dit-il, ces vils tirans nous obligent à repousser la force par la force, nous leur ferons voir qu'ils combattent des hommes libres qui naguère étoient asservis sous le joug du despotisme le plus honteux et qu'il est impossible de vaincre un peuple armé pour la défense de sa liberté. »

Le président Navier applaudit au patriotisme de la garde nationale d'Arc-sur-Tille qui, depuis le commencement de la révolution, avait donné des preuves éclatantes de son amour pour la liberté, et le procureur syndic leur déclara que la délibération de la garde nationale qu'ils avaient apportée serait adressée à l'Assemblée nationale avec un extrait du procès-verbal de la présente séance.

Le 13 mars 1791 eut lieu un concours entre les enfants du canton ; il avait été organisé par le département. Des récompenses seraient attribuées aux enfants qui réciteraient et copieraient le mieux la Déclaration des droits de l'homme et du citoyen et les articles de la constitution. Les concurrents furent pour Arc-sur-Tille Hippolyte Gouget, 14 ans, neveu du curé, fils de sa sœur Adélaïde ; Martin Bourgeot, 13 ans ; Simon Roussin, 11 ans ; Albin Roussin, le futur amiral, 10 ans ; Adrien Heudelot, 8 ans et demi et Pierre Galand, 8 ans ; et pour Couternon, Jean Louis Requichot.

Hippolyte Gouget récita sans faute toutes les matières du concours, et les présenta ensuite écrites correctement et avec goût ; il fut désigné pour le premier prix.

Martin Bourgeot a récité avec les mêmes éloges qu'Hippolyte Gouget, mais son écriture était moins belle et moins correcte, 2e prix.

Enfin Jean Louis Requichot de Couternon, le 3e prix.

Quant aux autres, Simon Roussin avait fait 2 petites erreurs de récitation ; Albin Roussin en avait fait autant ; Adrien Heudelot et Pierre Galand en avaient fait un peu plus , aucun d'eux n'avait rempli la deuxième partie du concours et n'avait écrit la Déclaration des droits et la Constitution, mais à leur âge et surtout celui de Pierre Galand et d'Adrien Heudelot, ils méritent des éloges ainsi que les parents et les maîtres qui ont si bien dirigé leur instruction.

Une nouvelle querelle s'était élevée entre Terguet et Celse Jacquemard. Nous en ignorons la cause : c'était sans doute une suite de la bagarre du 12 décembre. Le 6 avril, le district reçut une dénonciation du curé contre Jacquemard. N'oublions pas que celui-ci était l'un des administrateurs du département. La plainte du curé fut assez mal accueillie par le district qui reprocha à Terguet de transformer en affaire communale une querelle particulière ; il rejetait sa demande et réservait à Jacquemard le recours devant les tribunaux pour les calomnies dont il avait à se plaindre.

Peu après, le district approuvait un traité conclu entre Martin Pécaut, l'un des notables et le procureur de la commune avec Jacques Fénéon, arpenteur, pour arriver à la confection d'un terrier ou cadastre et procéder aussi aux opérations préliminaires de l'établissement de la contribution foncière. Il louait en même temps le zèle de la commune à mettre la loi à exécution.

Le 13 juin, une nouvelle scène violente se passait encore à la mairie ; elle provenait toujours de l'animosité du chirurgien Bernard contre le curé. Celui-ci venait à peine d'arriver à la mairie que déjà Bernard l'invectivait, le traitait de gredin, de coquin, de voleur. Comme il ne cessait pas, le curé invita le greffier à prendre note de ses paroles. Le greffier hésitant à le faire, le curé prit le registre pour écrire lui-même ; mais Bernard lui arracha la plume ; Terguet en prit une autre ; Bernard renversa l'écritoire partie sur le curé, partie sur le régistre qui porte en effet quelques traces de cette violence. Bernard était de plus en plus furieux et menaçait de se « porter aux dernières extrémités », aussi le curé a-t-il été forcé de se tenir sur ses gardes et de repousser la force par la force. » En d'autres termes ce fut une vraie bataille, et un récit d'Adélaïde Terguet précise : le curé saisit une chaise et en voulut frapper ou en frappa son adversaire qui fut renversé et cria à l'assassin. Le curé écrivit lui-même le procès-verbal de cette scène qu'il signa ainsi que le greffier ; mais les autres témoins, Thevenard et Fournier, refusèrent de signer.

Le 18 juin, Thévenard convoqua le conseil général pour délibérer sur ce fait, mais en exceptant de la convocation les deux intéressés Bernard et Terguet. C'était irrégulier, puisque le maire seul pouvait convoquer le conseil. Cette réunion eut-elle lieu ? Que s'y passa-t-il ? Nous l'ignorons ; mais nous savons par Adelaïde Terguet que Thevenard dit au curé qu'il avait été un peu vif et l'amena à laisser tomber l'affaire.

La guerre venait d'être déclarée et l'Assemblée faisait appel aux volontaires. Des engagements eurent lieu immédiatement ; les premiers engagés furent Martin Brullebaut, fils de Pierre, Jean Pécaut, Jean Maître, Antoine Tupain, Nicolas Foin et Jean Rondot. Beaucoup d'autres devaient suivre dans les appels ultérieurs et Mme Adelaïde Terguet-Gouget dit dans un mémoire dont nous aurons encore à parler et qui est de 1793, que 160 jeunes gens du village sont sur la frontière.

Le 23 juin, Madénié, commandant de la garde
nationale apporte l'avis de l'enlèvement du roi et
de sa famille et offre ses services qui sont ac-
ceptés.

À 10 heures du soir, Ph. Fournier et Jean Venot,
officiers municipaux, et Thevenard, procureur de
la commune, veillant à la tranquillité publique,
faisaient une ronde. Ils se dirigent vers le corps de
garde où il se faisait beaucoup de bruit. A leur
approche, la sentinelle crie : « Qui vive ? » —
Municipalité, répond Thevenard. — Sergent, caporaux, hors, la garde ! crie la sentinelle. La garde
sort avec Adrien Mongin, commandant du poste.
Thévenard demande pourquoi l'on faisait tant de
bruit, mais il est injurié par Martin Thévenin,
boucher et cabaretier.

Le 25 juin, à 9 heures et demie du soir, la municipalité était assemblée. Madénié y arrive avec 16
jeunes gens civiques, il les avait emmenés à Dijon
pour prêter secours au besoin et les administrateurs leur avaient remis 16 fusils pour armer la
garde nationale.

Le lendemain, Madénié est envoyé à Tanay avec
18 gardes nationaux pour apaiser des troubles.

Le bruit court à ce moment que les domestiques
de M. Lemulier de Bressey se seraient flattés de
tenir tête aux citoyens et à la municipalité de
Bressey ; le conseil général d'Arc-sur-Tille demande au district l'autorisation de les désarmer.

Le 4 juillet, Jean Faivret, bâtonnier de la confrérie de Saint-Martin demande, à l'occasion de la fête
patronale, le droit de distribuer des images de
saint Martin. Les confrères avaient cédé ce droit à

Jean Pécaut, François Brullebaut et Simon Moniot moyennant 13 livres 8 sols que ces derniers s'engagent à verser au profit de la confrérie. Le conseil général y consent ; il fixe la taxe à payer aux distributeurs, à une gerbe pour les laboureurs et à 5 sous pour les manouvriers, mais personne ne pourra être contraint.

Le 14 juillet, eut lieu le serment fédératif. Le corps municipal se rendit à la messe qui fut chantée pour le succès de nos armées, l'humiliation des ennemis de la patrie et l'exécution des décrets. Après la messe, on se rendit au champ de mars. Là le maire prêta le serment civique devant toute la commune assemblée, puis la municipalité prêta à son tour le serment entre les mains du maire ; Madénié ensuite comme commandant de la garde nationale prêta son serment devant la municipalité et enfin la garde nationale fit le serment entre les mains de son chef.

Aussitôt après cette cérémonie, Madénié avec 22 jeunes gens d'Arc-sur-Tille et Réquichot avec 4 jeunes gens de Couternon se rendirent à la Fédération de Dijon. Ils emportaient le drapeau de la commune. Ils le reportèrent le lendemain à la maison commune, et la municipalité constata qu'il était intact : il possédait sa cravate garnie d'une frange d'or aux deux bouts et quatre glands également en or, ainsi que les cordons qui les soutiennent. En même temps que le drapeau, Madénié avait déposé la ceinture, le fourreau et les gants destinés au porte-drapeau.

De tous côtés se formaient des clubs ; celui d'Arc-sur-Tille se constitua le 31 juillet 1791.

Plusieurs patriotes désireux de s'instruire mu-
tuellement sur les devoirs et les droits des citoyens,
déclarèrent former un club sous le nom de Société
des Amis de la Constitution. Ils s'assembleront
tous les jours et ils ont choisi provisoirement la
maison Jacquemard pour le lieu de leur réunion.
Leur but sera de ramener aux bons principes ceux
de leurs concitoyens qui en seraient éloignés, de
dénoncer les conspirateurs qui essaieraient de
troubler l'ordre et surtout les fonctionnaires pu-
blics qui tenteraient d'égarer l'opinion du peuple,
manquant ainsi à leur engagement d'être fidèles à
la nation et à la loi.

Cette société a été appelée indifféremment la Société populaire et la Société républicaine ; elle fut
affiliée à la société des Jacobins de Paris (1). Elle
devait jouer un rôle prépondérant à Arc-sur-Tille.
La municipalité l'autorisa à se constituer à la con-
dition de se conformer aux lois et aux règlements
de police. Il existe une liste imprimée de ses membres au moment où elle était toute puissante, c'est-
à-dire en 1793. Elle ne fut jamais bien nombreuse.
En 1793, elle comptait 49 membres et 14 ou 15 sont
d'Arcelot et de Remilly. Parmi les membres fondateurs, nommons Barthélemy Bernard, Bernard Charbonnier, Claude Clerc, boulanger et aubergiste,
Philibert Fournier, Jacquemard père, Bernard Jacquemard, alors lieutenant au 3e bataillon des volontaires de la Côte-d'Or, Nicolas Jacquemard, le fu-

(1) La lettre du club des Jacobins qui établit cette filiation est du 26
octobre 1791. Elle était signée de Basire, Billaud-Varenne et Camille Des-
moulins. La société d'Arc-sur-Tille était aussi affiliée aux sociétés de
Dijon, de Reims, de Pontailler et de Talmay.

tur général et baron, afors adjudant au 3ᵉ bataillon, Jacques Richard, Claude Thevenard, Venot père et ses deux fils Jean et Philibert. Plus tard, en 1791 et en 1792, Braud, Trécourt, Marchant, fils, Nicolas et Martin Bourgeot, Calignon, Meulnotte, etc., y adhérèrent aussi, de même que Jean Bornier, d'Arceau, Jean Perrey et Jacques Patron de Remilly.

Le Dimanche 14 août, plusieurs jeunes gens quittèrent l'église pendant la messe et allèrent jouer aux quilles. La municipalité s'en émut ; elle défendit qu'à l'avenir un pareil scandale pût se reproduire et rendit responsables les teneurs de jeux de quilles.

Le 16, des troubles graves éclatèrent à Orgeux ; on fit appel à la municipalité d'Arc-sur-Tille qui envoya 100 gardes nationaux. Quand ils arrivèrent l'ordre était rétabli ; la municipalité d'Orgeux les renvoya après les avoir remerciés (1).

(1) L'émeute d'Orgeux était due à un singulier incident. On venait de célébrer à Orgeux les vêpres de saint Roch : elles avaient été présidées par M. le curé d'Arc-sur-Tille ; le curé d'Orgeux y assistait avec les curés de Ruffey et de Saint-Julien et les vicaires de Clénay et d'Arceau. Après la cérémonie, survinrent en voiture le curé de Clénay et M. Mielle avocat, propriétaire à Clénay. Le curé d'Orgeux offrit des rafraîchissements. Ses invités virent alors appendue à la muraille une vieille carte chargée d'armoiries. L'un des invités la déclara *inconstitutionnelle*, et on décida de la brûler. M. Mielle alla prendre une brassée de paille dans sa voiture : ou y mit le feu et on y jeta la carte. Pendant ce temps, le vicaire d'Arceau battait du tambour. Les habitants d'Orgeux crurent que c'était l'alarme et ils se précipitèrent à la cure. A la vue de la carte qui brûlait, ils s'imaginèrent que c'était les titres de leur communauté ; ils s'échauffèrent, ne voulurent rien entendre, mirent tous les ecclésiastiques en arrestation et décidèrent de les conduire à Dijon. Le curé de Ruffey réussit à s'échapper, prévint le maire de Ruffey et l'engagea à envoyer la garde de Ruffey pour rétablir l'ordre à Orgeux. Le maire envoya 60 hommes qui trouvèrent en arrivant les gardes de Saint-Julien, Brétigny et Clénay qu'on avait aussi prévenues. Quelques habitants d'Orgeux furent désarmés et les ecclésiastiques furent remis en liberté. Quand la garde d'Arc-sur-Tille arriva, tout était déjà terminé. *Voir La nouvelle vie pastorale, bulletin mensuel de Clénay, Norges, Saint-Julien, Ruffey-les-Échirey, année 1909, nᵒˢ 15, 16, 17, 18 et 19.*

Le 20 septembre 1791, le conseil général demanda l'établissement d'une cinquième foire, ce qui fut accordé.

En voyant nos foires actuelles qui ne déplacent pas 50 personnes, on pourrait se demander quelle nécessité il y avait d'établir une cinquième foire. C'est qu'alors nos marchés étaient et devaient rester plus d'un demi-siècle de la plus grande importance. Les habitants de tous les villages voisins se rendaient en foule à Arc-sur-Tille, pour y faire leurs achats. Les boutiques de marchands s'étendaient sans discontinuité sur les deux côtés de la rue qui traverse la foire et jusque dans la cour de la ferme du château ; le champ de foire lui-même et la partie de la place qui s'étend devant chez M. Patouillet et Mlle Chapotot, étaient remplis de chevaux et de vaches ; les porcelets étaient parqués tout le long de la route depuis le pont jusqu'aux auberges Duverney et Grebille et remplissaient aussi les deux côtés de la rue qui débouche devant ces anciennes auberges. Les auberges nombreuses alors : Duverney, Grebille, Dumarcel, Chapotot, veuve Verrey, ect., regorgeaient de clients ; un marché au blé se tenait dans l'auberge Grebille ; en septembre, c'étaient des milliers de moutons qui se pressaient dans la rue de la Rigole. Ajoutez à cela le complément indispensable des foires : les charlatans, bateleurs, comédiens, acrobates, athlètes, montreurs de bêtes. Aussi les jours de foire étaient des jours de fête ; on recevait les parents du dehors et, à la grande joie des enfants, les classes chômaient.

Nous n'aurons plus à revenir sur ces foires. Disons seulement que lorsque le calendrier républicain fut établi et que la décade eût remplacé la semaine, le Directoire du département fixa nos foires aux 15 frimaire, 15 ventose, 15 floréal, 15 messidor et 15 fructidor.

Le 2 octobre, devait avoir lieu la lecture de la constitution de 1791, que le roi venait d'approuver.

La municipalité, les notables avec la garde nationale et tous les habitants se rendirent aux vêpres, puis de là sur la place publique où l'on donna lecture de la constitution. « La sérénité qui régnoit sur les visages, dit le procès-verbal de cette journée, le grand nombre des citoyens qui y ont assisté marquoient la satisfaction, la joye et l'adhésion la plus parfaite de se conformer à la loi. »

Les registres donnent à cette date les noms des gardes nationaux ; la liste commence ainsi : « Citoyens actifs d'Arc-sur-Tille qui ont juré d'être fidèles à la Nation, à la Loy et au Roy et un attachement inviolable à la constitution nouvelle de ce royaume. Les mêmes citoyens se sont enrôlés en qualité de volontaires de milice citoyenne ou garde nationale et ont fait le serment requis de mourir fidèles à la Nation, à la Loy au Roy et à la Constitution, conformément au décret du 12 juin 1790. »

Il y a 154 citoyens actifs parmi lesquels le Curé Terguet, et 61 jeunes gens civiques ayant au moins 18 ans.

Le 11 novembre eut lieu le renouvellement de la municipalité et du conseil de la commune. On sait que le renouvellement avait lieu par moitié tous les ans ; une première moitié avait été renouvelée lors des élections du 12 décembre ; la deuxième moitié sortait et par suite les pouvoirs de Terguet expiraient.

Calignon s'était efforcé de regagner les habitants et il y avait réussi : il fut élu maire.

Le premier acte de la municipalité nouvelle fut de distribuer les prix gagnés par les élèves des écoles au concours du 13 mai 1891. Les municipalités de tous les villages du canton, les habitants de ces villages et les enfants des écoles avaient été invités à cette solennité. Hippolyte Gouget, classé premier, reçut un exemplaire de la Constitution et « un Thélémac en françois (*sic*) ». Martin Bourgeot, le 2ᵐᵉ prix, eut un exemplaire de la Constitution et les fables choisies de La Fontaine. Louis Réquichot obtint un exemplaire de la Constitution et la mort d'Abel, de Gessner.

Le conseil décida qu'une récompense spéciale serait accordée à Pierre Galand et à Adrien Heudelot à cause de leur jeune âge : on leur donna à chacun un petit exemplaire de la Constitution. Ces enfants furent reconduits chez leurs parents par la garde nationale.

Dans cette cérémonie solennelle, Calignon prononça un discours qui nous a été conservé et que nous tenons à reproduire.

Discours de Calignon

« Citoyens, nous allons distribuer des prix à ceux de vos enfans qui, ayant concouru dans les exercices de ce canton, ont le mieux rempli les vues de cet établissement patriotique.

« La solennité dont vous êtes aujourd'hui les témoins est une chose tout-à-fait nouvelle pour les
campagnes ; nous connaissions bien quelques éta-
blissemens dans les collèges des villes, fruits de
la bienfaisance d'un petit nombre de citoyens
éclairés qui accordoient des prix d'encouragement
aux jeunes gens qui se distinguoient dans l'étude
des Belles-Lettres et leur attachement à la Religion. Nous convenons de l'utilité de ces établisse-
mens ; ils ont sans doute propagé la lumière de la
philosophie, mais la patrie étoit oubliée ; imagi-
noit-on même que nous eussions une patrie ? mais
les enfans des habitans des campagnes que le
caprice du sort éloignoit des villes étoient privés
de tous ces encouragemens.

« L'heureuse révolution de cet empire va vous faire
participer à ces avantages. Nous en jouissons déjà
aujourd'hui et nous sommes redevables de cette faveur à la sagesse et aux vues bienfaisantes de nos
administrateurs de la Côte-d'Or qui, par leur arrêté
du 14 novembre 1790, ont établi les exercices des
jeunes citoyens et la distribution des prix.

« Ce n'est ici qu'un préliminaire des bienfaits de
ce genre que la constitution française nous réserve.
Bientôt, et la promesse nous en est faite solennellement, bientôt nous *jouirons d'une instruction publique et gratuite qui sera créée et organisée pour
être commune à tous les citoyens.*

« Qu'elle est admirable cette constitution que nous
avons juré d'observer ! Combien nous devons l'aimer, puisque, outre les avantages innombrables
qu'elle nous a déjà procuré, elle va encore former
l'éducation de vos enfans. Ce dernier bienfait est

inappréciable ; il est comparable à tous ceux que nous avons déjà reçus, nous, habitans des campagnes, condamnés jadis à l'ignorance, malheureux et corvéables, pliés continuellement sous le joug de la féodalité ; bientôt hommes éclairés et déjà citoyens amis et égaux, et levant hardiment nos têtes ornées du bonnet de la liberté.

« Qu'ils tremblent les ennemis de notre constitution, s'ils persistent dans leurs criminels projets ! Qu'ils apprennent que nous et nos enfants nous allons employer tous nos loisirs à faire la lecture de l'acte de cette constitution, à l'aprendre, à la faire réciter aux compagnons de nos travaux, comme le vray catéchisme de l'humanité ; qu'en méditant les éternelles vérités qu'il a promulguées, nous répéterons à chaque instant le serment de ne jamais rentrer dans l'esclavage et de vivre libres ou mourir.

« Ouy, citoyens, que tous les habitans de cet empire, que l'Europe entière sache, s'il se peut, que, nous, pères de familles, nous ne perdrons pas un instant de vue l'obligation que nous avons contractée en acceptant le dépôt de l'acte auguste de notre liberté, que l'Assemblée Constituante a remis à notre vigilance.

« Et vous, mères de famille, épouses et mères, qui partagés notre joye et notre attendrissement, en voyant réunie au milieu de nous cette jeunesse intéressante, n'oubliés jamais que la garde de cet acte est aussi confiée à votre vigilance.

« Et vous, jeunes citoyens, précieux enfants de la patrie, heureux enfans qui n'avés jamais connu le joug du despotisme que par les récits que vous feront ceux qui ont conquis la liberté, souvenés-vous que ce dépôt est aussi remis à votre affection et à votre courage. Souvenés-vous qu'au péril de vos vies, vous ne devés jamais laisser entamer le précieux héritage que nous vous transmettons. Le champ de la liberté doit être défendu des invasions de toute espèce. Cultivés-le, garantissés-le avec soin, en étudiant, en observant les principes et la règle de la Constitution dont nous remettrons des exemplaires à ceux de vous que le concours a désignés. Souvenés vous encore que vous ne pourés jamais, sans encourir le déshonneur, démentir l'idée que nos administrateurs ont conçue de vous. La noble émulation que vous avés montrée leur a paru le germe de grandes vertus et ils ont cru que l'objet des prix qu'ils vous accordent vous seroit plus précieux que leur valeur intrinsèque.

Nous désirerions pouvoir récompenser l'amour de l'étude que vous avés tous témoigné, et c'est avec autant de vérité que de plaisir que nous vous rendons ici le témoignage public que la plus grande partie d'entre vous ont fait tous leurs efforts pour mériter les prix.

Continués ces efforts, enfans aimables et chéris, et votre diligence sera récompensée ; nous désirons cet (évènement) aussy ardemment que vous, et nous sommes persuadés que vous réunissés à tous vos talents assez de franchise et de générosité pour aplaudir aux éloges qui sont dûs à ceux de vos condisciples qui ont mérité les prix, et que vous n'avez que l'envie de les imiter. »

Nous avons voulu citer ce discours ; ce n'est certes pas un chef-d'œuvre, et cependant, après l'avoir lu, en se reportant à l'époque et au lieu où il a été prononcé, on est étonné de la justesse de la pensée, de l'ordre des idées, de la clarté du développement ; les images peu nombreuses sont justes, sont exposées parfois avec finesse et esprit ; on n'y trouve pas la pompe déclamatoire et amphigourique des discours de ce temps. On peut être étonné de trouver chez un campagnard de pareilles connaissances et une telle perfection. C'est qu'il ne faut pas nous faire l'idée que Calignon était un cultivateur ordinaire : c'était un fermier, mais un fermier qui payait sa ferme 23.000 livres, c'est à dire environ 50.000 fr. d'aujourd'hui. Il avait dû recevoir une certaine instruction ; nous l'ignorons, mais c'est presque sûr, son écriture est cette écriture nette du XVIIIe siècle, mais elle est très fine et si j'ose dire, elle est très distinguée. D'ailleurs, avant d'être fermier, Calignon avait appartenu à l'administration des eaux et forêts ; il avait occupé une charge de garde général.

Le 23 décembre 1791, nous trouvons un fait peu important que nous relevons, car il se rapporte à l'histoire d'une famille célèbre, la famille Roussin. A cette date, Madame Hélène Masson, femme de M. Roussin, avoué au tribunal de district de Dunkerque, demande à être remboursée de sa cote de taille de 1789, attendu que son mari la paie à Dunkerque. Elle renouvelle cette demande le 1er février 1792, en fournissant un certificat de la municipalité de Dunkerque, mais ce certificat établissait que M. Roussin n'avait été imposé à Dunkerque qu'à partir de 1791. Le district, avant de statuer demande alors à Mme Roussin de fournir les quittances de son mari en 1789 et 1790.

Terguet fait aussi une demande de réduction d'impôts. Plus tard ses ennemis lui reprocheront d'avoir demandé que sa cote fut réduite à 38 livres tandis qu'elle fut au contraire portée à 140. Ce n'est pas exact. La cote primitive de M. Terguet était bien de 139 l. 15 s. 6 d. et il demandait qu'elle fut abaissée à 53 l. 15 s. 2 d. On lui répondit : « Le directoire de Dijon, considérant que l'exposant jouissant d'un revenu de près de 1900 livres en réunissant son traitement, ses propres, ses fondations, ses facultés mobilières et l'évaluation de son logement, n'a pas été suffisamment imposé au rôle des six derniers mois de 1789, à laquelle répartition l'exposant présidoit en qualité de maire, » estime qu'il est mal fondé dans sa réclamation.

Le 22 avril 1792, la contribution foncière d'Arc-sur-Tille est fixée à 11.184 l. 12 s. ; la contribution mobilière à 1.739 l. 17 s. 1 d. et les patentes, créées par la loi du 17 mars 1791, à 647 l. 3 s. 1 d. On sait qu'alors il n'y avait pas de percepteurs. Sous l'ancien régime, c'étaient un ou deux habitants du village designés par leurs compatriotes, qui faisaient la perception ; on les nommait les collecteurs. Depuis la Révolution la perception était mise en adjudication et celui qui s'en chargeait au meilleur compte était agréé moyennant un cautionnement. M. Bernard Charbonnier fut seul à se présenter et il offrit de la faire moyennant 6 deniers pour livre. Son père Claude Charbonnier lui servait de caution ; il fut agréé.

Le 19 février, une question assez grave fut soulevée, la question des bancs de l'église. Un certain nombre de personnes avaient à l'église des bancs privilégiés. Ainsi Mme Perrin tenait son banc de son aïeul M. Perrin procureur au parlement de Dijon et bailli de la justice d'Arc ; il avait obtenu un banc qui avait été maintenu à sa famille par lettre du duc de Saulx en 1780 ; Joannet en avait aussi obtenu un de M. de Saulx en 1790. D'autres encore. Plusieurs habitants réclamaient contre ces concessions. Au commencement de 1792 M. Terguet fit enlever les bancs privilégiés du chœur et des chapelles latérales ; il les loua et toucha le prix de la location. Le conseil général s'en émut, et le 19 janvier, les 5 et 9 février, il en délibéra. Peu après Joannet adressait une pétition au district et se plaignait des entreprises du curé sur les bancs de l'église dont la municipalité seule pouvait disposer comme ayant la régie des biens de la fabrique. Terguet répondait que c'était contre le vœu des habitants que la municipalité s'était emparée de l'administration des biens de la fabrique, et que, s'ils avaient donné leur consentement, c'était par surprise. Le Directoire demande qu'on lui communique les délibérations de la fabrique, afin qu'il puisse décider sur ce conflit, et après examen des pièces, il donna tort au curé et laissa à la municipalité le soin de disposer des bancs de l'église, de les louer et d'encaisser le prix de location.

Il existait trois confréries dans l'église d'Arc-sur-Tille, celle du Saint-Sacrement, celle de Saint-Martin et celle de la Sainte-Vierge. Nous ne trouvons plus de traces de celle de Saint-Nicolas qui avait dû disparaître. Les receveurs de ces confréries n'avaient pas rendu leurs comptes, comme le voulait la loi. La municipalité les rappela à l'or-

dre le 28 février 1792 et somma aussi le curé de
verser au receveur de la commune le prix des
bancs, qu'il avait induement touché. Les confrères
continuèrent leur résistance et voulurent exister
malgré la loi qui les supprimait.

D'après un document que nous avons sous les
yeux, la confrérie du Saint-Sacrement se réunit
encore le 17 juin 1792 et même à la maison commune pour la reddition des comptes, et nous savons, par un factum de la société populaire, que
les trois confréries existaient encore le 15 nivôse
an II, que la prise de bâton s'était encore faite
l'année précédente et que les tableaux portant les
noms des confrères étaient encore appendus dans
l'église et qu'ils y restèrent jusqu'au jour ou l'é-
glise fut transformée en temple de la Raison.

Le 28 mai 1792, eut lieu un nouveau concours
entre les enfants de l'école ; trois enfants seulement y prirent part, ce qui ne prouve pas que ces
concours aient été en faveur. Jacques Bernard
Joannet, âgé de 11 ans, récita sans faute les trois
premiers titres de la Constitution, ainsi que le pré-
ambule et il présenta une copie de la déclaration
des droits ; il obtint le premier prix. Adrien Heude-
lôt, âgé de 10 ans, récita les mêmes articles de
l'acte constitutionnel et obtint le deuxième prix.
Enfin Benjamin Bernard, 10 ans, fut classé troisième avec le troisième prix.

Le 24 juin 1792, un débat assez vif eut lieu au conseil général de la commune. Il s'agissait de supprimer la moyenne cloche et de l'envoyer à la monnaie
pour en faire des sous au profit de la commune.
Pour beaucoup de personnes, c'était un sacrilège

de toucher au mobilier de l'église, aux cloches surtout; les paroissiens d'ailleurs tenaient à leurs trois cloches. Le conseil fut loin d'être au complet, quoique l'ordre du jour eût été publié. Pendant le débat, plusieurs conseillers s'en allèrent. Jean Venot, fils, partit en disant qu'on pouvait le remplacer. Jean Venot, père, vota la fonte de la cloche, mais fit remarquer qu'il y avait beaucoup d'absents. En effet, la fonte de la cloche fut votée par 5 voix contre 3 ; 10 membres du conseil n'avaient pas pris part au vote. Le 29 juin, Joannet, procureur de la commune, assemble de nouveau les conseillers ; ceux qui se rendirent à son appel déclarèrent nulle la délibération du 24 et demandèrent que la cloche fût gardée. La municipalité déféra au district cette délibération qui était irrégulière. Le district déclara en effet que la délibération du 24 était régulière ; que le procureur de la commune avait le droit ce jour-là de faire des réserves ; que s'il avait été absent, il aurait pu les faire dans une séance ordinaire et le conseil en eût délibéré, s'il l'eût jugé à propos, mais qu'en convoquant lui-même, malgré la loi, le conseil général, il avait commis un acte répréhensible. En conséquence, il déclare valable la délibération du 24, annulle celle du 29, invite Joannet à se conformer à l'avenir à la loi, lui rappelle qu'il doit, sous sa responsabilité, veiller à ce que les citoyens ne troublent plus désormais l'ordre public.

Pendant ce temps, le mouvement révolutionnaire s'accentuait à Paris ; l'assemblée venait de voter une levée de 45.000 hommes, la permanence de tous les conseils des départements, de districts et communes, la mise en activité de tous les citoyens en état de porter les armes ; elle allait voter le 11 juillet et décréter le 22 la patrie en danger. Le Directoire du département fit appel aux communes pour la formation de bataillons de volontaires.

Le 13 juin, le conseil général de la commune d'Arc-sur-Tille vota l'ouverture d'un registre destiné à recevoir les enrôlements volontaires, et le 14 juin, le maire, les officiers municipaux et les notables se rendirent au son du tambour et des trois cloches sonnées à toute volée sur la place de la Liberté pour y publier la loi du 6 mai dernier concernant l'augmentation du bataillon des volontaires.

Le 28 juin, la municipalité renouvela les réglements de police municipale et rendit un arrêté en 25 articles. L'un de ces articles concerne la police de l'église. Il est ordonné à tous les citoyens de s'y comporter avec décence et défense est faite d'y causer, d'y rire et de troubler d'une manière quelconque les offices divins.

Le 14 juillet 1792, la municipalité renouvela la fête de la Fédération. Les officiers municipaux ayant le maire à leur tête, les notables accompagnés du commandant, des officiers et des citoyens de la garde nationale, ayant avec eux la compagnie des enfants dont le commandant était Claude Richard se rendirent solennellement sur le champ de la Liberté pour y prêter le serment fédératif. C'est la seule fois que nous trouvions mentionnée cette compagnie d'enfants. On sait qu'il y en avait une à Dijon et que les Dijonnais par plaisanterie avaient nommé ce petit bataillon le Royal-Bonbon. Arc-sur-Tille n'était pas en retard sur Dijon : il avait aussi son Royal-Bonbon.

Le maire prononça un discours patriotique qui nous a été conservé. Il parlait du danger de la patrie, menacée d'une vraie invasion de barbares, mais ces barbares trouveraient un peuple libre qui saurait défendre sa liberté. Il faisait un appel à l'union et à la concorde et invitait à renouveler le serment qui imposerait à tous l'obligation de voler au secours de la patrie et de lui sacrifier nos biens et jusqu'à la dernière goutte de notre sang.

Il est probable que le premier arbre de la Liberté d'Arc-sur-Tille fut planté le 14 juillet 1792, quoiqu'il n'en soit pas question dans le compte-rendu de la fête ; mais plus tard on reprochera à Joannet d'avoir assisté à cette plantation en Juillet 1792 sans avoir revêtu son écharpe tricolore, insigne de ses fonctions (1).

Mais des ordres plus pressants arrivaient. Le 2 août, le maire fait un nouvel appel, engage les hommes armés à s'enrôler soit dans les troupes de ligne, soit dans la garde nationale. Le commandant du bataillon du canton est invité à réunir ses hommes en armes avec leurs drapeaux et les flammes des compagnies sur le champ de la Liberté à Arc-sur-Tille, le dimanche 5 août. Les officiers municipaux y assisteront ceints de leurs écharpes ; ils seront accompagnés des commissaires qui seront nommés, et précédés « des instruments militaires » ils publieront la loi du 11 juillet qui déclare la

---

(1) Le premier arbre de la Liberté, comme tous ceux qui ont été plantés depuis à Arc-sur-Tille, était un peuplier : le peuplier était considéré comme l'emblème du peuple. Cet arbre a vécu jusqu'en 1816. Il fallut l'abattre alors, parce qu'il menaçait ruine. Il fut vendu et du prix de la vente, on acheta du seigle qui fut distribué aux pauvres du village.

patrie en danger ; ils feront ensuite une invitation solennelle à tous les citoyens assemblés sous les armes de s'inscrire pour le service de la patrie ; les inscriptions seront reçues immédiatement. Tous les habitants de la commune étaient invités à se trouver sans exception à la réunion indiquée. L'appel fait aux patriotes eut du succès. Nous n'avons presque aucune trace dans nos archives communales des engagements qui furent contractés, mais nous trouvons les noms de nos compatriotes dans les documents des bataillons de la Côte-d'Or déposés aux Archives départementales. Les volontaires d'Arc-sur-Tille furent versés dans le 3e bataillon.

Les bataillons étaient de 568 hommes, divisés en 8 compagnies de 71 hommes. Ces compagnies élisaient 8 hommes chacune pour former une compagnie d'élite, la compagnie de grenadiers. Le bataillon complètement organisé comptait donc 9 compagnies ; la compagnie formait 2 pelotons et le peloton, 2 sections de 11 hommes chacune avec un caporal.

Dans la compagnie de grenadiers, nous trouvons 3 soldats d'Arc-sur-Tille : Etienne Curot, 20 ans ; Claude Bouvier, 28 ans et Pierre Barbarin 19 ans.

Dans la 4me compagnie, se trouve le reste du contingent d'Arc-sur-Tille. C'est d'abord le lieutenant Bernard Jacquemard, 26 ans ; le sergent, Pierre Verrey, 22 ans ; puis Philibert Venot, caporal, 25 ans ; Jean Brullebaut, 19 ans ; Martin Bourgeot, 23 ans ; Etienne Bourgeot, 18 ans ; François Curot, 29 ans ; Joachim Bordot, 18 ans ; Martin Maître, 19 ans ; Paul Mongin, 18 ans ; Claude

Pécaut, 28 ans ; Antoine Bourgeot, 34 ans ; Jean
Sauvageot, 21 ans et Jean Verrey, 21 ans.

Ce n'est encore là qu'une faible partie de nos
volontaires, puisque, nous l'avons déjà dit, Madame
Adelaïde Gouget-Terguet affirme, dans un mémoire
imprimé, qu'en 1793 ils étaient 160 à la frontière.
Nous savons même qu'ils se conduisirent avec beaucoup de valeur. Mais ce n'est pas ici le lieu d'insister, et nous espérons un jour consacrer une étude
à leur mémoire.

Nous croyons aussi que c'est peu après cette époque que le premier drapeau, notre drapeau de la
fédération, fut remplacé. C'était en effet un drapeau royal ; malgré les attributs dont il était chargé, c'était un drapeau blanc à la couleur du roi, à
moins que les emblêmes républicains qui le déco-
raient ne lui aient fait trouver grâce : on peut
constater en effet que la fleur de lis qui terminait
le sceptre royal a été coupée. Serait-ce alors que
les emblêmes et armoiries royalistes étaient détruits
partout ? et grâce à cette correction, le drapeau au-
rait-il continué à être en honneur ? Nous ne le pouvons dire; mais sûrement un drapeau aux couleurs
nationales fut acheté alors pour la garde nationale,
car nous trouvons que le 10 janvier 1793, le citoyen
Bornier, commandant du bataillon d'Arc-sur-Tille,
demande le remboursement de 596 livres pour
« achat de drapeau, flammes et caisses ». On l'invite à fournir les quittances de ces achats et peu
après en effet il est remboursé de la somme sus-
dite.

A la suite de ces enrôlements volontaires, on fit
des visites dans toutes les maisons pour savoir de

quelles armes on pourrait disposer en cas de besoin. Le conseil se déclara en permanence et décida de se réunir tous les soirs à 6 heures. On demanda des cartouches au district pour 17 fusils de munition : 16 avaient été donnés par les administrateurs, le 17me appartenait au citoyen Jean Verrey. On décida aussi d'acheter douze livres de poudre et des balles pour remettre aux particuliers qui ont des fusils. En cas d'invasion de l'ennemi, on sonnera le tocsin et aussitôt tous les citoyens devront se réunir en armes à la maison commune.

Les événements se précipitaient. Le 10 août la royauté était abolie ; le 13, la nouvelle en arrivait à Arc-sur-Tille. Le conseil aussitôt assemblé décida que les lois seraient publiées le soir à la lumière des flambeaux dans les rues et sur la place de la Liberté, parce que, le jour, les citoyens étaient retenus dans les champs par les travaux de la moisson.

V

LA CONVENTION

Le 26 août, eut lieu à Arc-sur-Tille l'assemblée primaire cantonale qui devait nommer les électeurs des Conventionnels. Elle compta 219 votants : 4 électeurs devaient être nommés. Germain Thibaut fut élu président de l'assemblée ; son fils François Thibaut fut secrétaire ; les scrutateurs furent Lhuilier, Nicolas Bourgeot et Thevenin fils. 156 votants se présentèrent aux urnes : Pierre Celse Jacquemard, chef de la légion de la Garde nationale du district de Dijon, fut nommé électeur par 117 suffrages, Jean Calignon par 112, Jean Bornier, commandant en chef du bataillon de la Garde nationale du canton, par 94. Il fallut un deuxième tour de scrutin pour nommer le quatrième électeur ; 47 votants seulement y prirent part et Claude Thevenard fut élu par 34 suffrages.

On peut penser combien tous ces événements précipités durent causer de troubles et d'inquiétudes, et combien de faux bruits se répandirent.

Le 3 septembre, on apprit qu'une troupe de 800 brigands saccageait et brûlait Bourberain et les environs. C'est une lettre de Braud, citoyen d'Arcelot qui en avertissait Clerc, commandant en second de la Garde nationale : « Je vous préviens, lui disait-il, que M. Marlais de Viévigne vient d'envoyer un exprès à Dijon prévenir que des brigands au nombre de 800 se sont portés à Bourberain et aux environs, qui mettent le feu aux maisons depuis les six heures du matin. » On s'assemble à la **mairie** ; on entend sonner le tocsin dans les villages voisins. Cependant on ne perdit pas la tête et, au lieu de partir en masse, on envoya à la découverte une escouade de 12 hommes sous la conduite de François Bourgeot, capitaine de grenadiers. Ils rentrèrent à 1 heure du matin, en déclarant que le bruit était faux et que tout était calme à Bourberain.

On prit toutefois des mesures pour l'avenir et le 4 septembre un corps de garde fut installé sur la grand'route et on organisa des patrouilles.

Le 14, Celse Jacquemard requiert la force armée pour se rendre chez M. Verchère d'Arcelot, y réquisitionner des chevaux de luxe et arrêter des suspects. On prit 6 chevaux avec leurs harnais et un chariot, et l'on arrêta Catherine Lambelin, femme de charge, Marguerite Bouvier, fille de basse-cour, Nicolas Destang, cocher, et Philibert Arsan, cuisinier, dont « les propos journaliers tendent à jeter le trouble et la division dans le canton. » Les prisonniers bêtes et gens, furent amenés à Arc-sur-Tille et la municipalité les fit conduire à Dijon.

Celse Jacquemard n'avait-il agi en cette occurrence que par zèle républicain ? Sa situation en vue d'administrateur du département, de chef de la légion du district le poussaient sans doute à se montrer nettement républicain ? Cependant on lui a prêté un but personnel et intéressé. M. Verchère, marquis d'Arcelot, était très vieux et il n'avait pas émigré : par suite, ses biens n'avaient pas été confisqués, n'avaient pas été déclarés biens nationaux, ni mis en vente. Or, Jacquemard était son fermier et on prétend qu'il aurait bien voulu les acheter. Pour cela, il fallait déterminer M. Verchère à émigrer et, pour l'y obliger, il fallait l'inquiéter. Une dénonciation faite en 1815 contre le général baron Jacquemard par le comte de Barjon, colonel chef d'état-major de la 18ᵉ division militaire, dit en effet: « on répète que le frère aîné du général, ancien fermier du président d'Arcelot avait en 1792 ou 1793 tiré des coups de fusil dans les fenêtres des appartements de ce bon vieillard pour le déterminer à émigrer et pouvoir acquérir plus facilement ses biens (1). »

Ce ne fut pas seulement M. d'Arcelot d'ailleurs que Jacquemard fit inquiéter. Sur sa demande, Clerc fut envoyé à Remilly où il prit 2 chevaux à M. Coquard et arrêta M. Coquard comme suspect, puis à Bressey où il arrêta Pierre Deverdin, concierge du château.

Peu après, Jacquemard dénonçait les communes de Bressey, de Couternon, d'Arcelot, d'Arceau et Fouchanges comme peu patriotes. A Couternon, il se plaignait des menées du curé, de M. Cherveau et de M. Thomas. Il en était de même à Bressey : dans cette paroisse qui a 29 feux, deux habitants seulement assistent aux messes du curé assermenté.

---

(1) Nous devons dire que nous n'avons trouvé aucune trace de ce fait ni dans les documents, ni dans la tradition locale.

L'ancien curé reste caché dans le pays. Jacquemard avait été nommé commissaire du département pour faire une enquête à Couternon et à Bressey, sur une dénonciation faite contre ces deux communes par les officiers municipaux d'Arc-sur-Tille.

C'était d'ailleurs le moment où le club des Jacobins de Dijon venait d'exciter la populace contre les prêtres non assermentés que, par un arrêté illégal du 11 mars 1792, le Directoire du département avait obligés à venir habiter à Dijon et à y être ainsi en surveillance. Le club les avait représentés comme des ennemis de la patrie et avait poussé les sans-culottes à les arrêter, en promettant cinq francs par tête d'ecclésiastique arrêté. Des bandes se répandirent dans la ville et allèrent prendre les ecclésiastiques à leurs domiciles. Il les conduisirent d'abord dans une salle du Logis du Roi, où les malheureux subirent toutes sortes d'injures et de violences. La municipalité et le département assemblés en toute hâte ne songèrent qu'à arracher ces victimes à la fureur de la populace et légalisèrent provisoirement ces arrestations qui continuèrent les jours suivants. Le 19, les ecclésiastisques furent conduits par la garde nationale au séminaire de la place Saint-Jean. Les campagnes imitèrent Dijon et l'on vit de pauvres prêtres conduits par les habitants des villages à la prison de la ville. Ici encore quelques jacobins d'Arc-sur-Tille dont nous n'avons pas les noms se signalèrent : ils allèrent prendre l'abbé Chamarande, chanoine de Champlitte, au château d'Arcelot où le seigneur lui avait donné asile, et ils l'emmenèrent à Dijon.

Ce sont ces dénonciations et ces expéditions qui ont fait accuser Arc sur-Tille d'être un foyer de jacobinisme. Il y avait bien en effet quelques jacobins, mais nous le verrons, la masse des citoyens était plutôt modérée.

Le 22 septembre, on requiert en vertu de la loi du 19 le serment civique de tous les corps constitués et des fonctionnaires. Terguet le prêta comme il avait prêté le serment constitutionnel. Ce serment nouveau a été appelé le serment de la liberté et de l'égalité.

Le même jour, la municipalité met en adjudication la fourniture de 150 piques pour la garde nationale ; elles sont adjugées à Megnié, serrurier à Dijon, qui prend comme caution et comme associé Antoine Rude, le père du célèbre sculpteur. Antoine Rude s'était marié à Claudine Bourrelier, d'Arc-sur-Tille. Les piques furent prêtes à la fin de septembre. Le 22 septembre, les deux associés écrivent qu'on peut envoyer des commissaires pour les reconnaître et en prendre livraison.

Un décret de l'assemblée du 10 septembre avait ordonné que l'argenterie des églises, inutile au culte, serait envoyée à la monnaie. Il y avait à l'église d'Arc-sur-Tille un petit ciboire qui servait à porter le viatique aux malades. Le 17 octobre, le conseil de la commune décida de lui-même, sans consulter le curé, quelles pièces seraient envoyées à la monnaie ; le petit ciboire y était compris. Le curé Terguet fut appelé au conseil et invité d'envoyer à la monnaie les pièces indiquées. Mais il protesta, déclara que le maire avait induit le conseil en erreur, que le ciboire était nécessaire au culte et que si on le prenait ce serait un vol. On le somma néanmoins de l'apporter le lendemain, sous peine d'arrestation.

Quand il fut parti, Calignon fit rédiger le procès-verbal de l'incident. Il y était dit que le curé s'était emporté en propos injurieux contre le maire. Nicolas Bourgeot fit remarquer qu'il n'avait pas entendu d'injures. On lui rappela que le curé avait dit que le maire avait induit le conseil en erreur et que si l'on prenait le calice, ce serait un vol, et l'on passa outre.

Le curé vint à Dijon demander des instructions aux administrateurs qui refusèrent de répondre. Le 20, il fit prévenir la municipalité par l'appariteur qu'on pouvait faire prendre le ciboire; le maire refusa.

La paroisse cependant était exaspérée; des troubles avaient commencé le 19, s'étaient continués le 20 et le 21. Le dimanche 21, le curé éclata en sanglots en chantant le *Pater*; le soir, il donna la bénédiction avec le ciboire au lieu de l'ostensoir et il éprouva ensuite une sorte de défaillance. Il paraît que Calignon avait voulu le faire arrêter et qu'il avait été poursuivi par la garde nationale au moment où il se rendait à l'église. Il expliqua sa défaillance en disant qu'il était monté à l'autel dans cet état d'inquiétude qu'on éprouve au sentiment de perdre sa liberté et d'être réduit à la misère après 27 années de travail et après avoir employé toutes ses ressources soit pour le bien de sa paroisse, soit pour le soutien de sa famille; que d'ailleurs ce moment de saisissement n'avait duré qu'un instant. Dans la journée, Jean Verrey et Adrien Mongin étaient allés le trouver pour s'entretenir avec lui des événements et des mesures à prendre, et sur leur demande, il avait écrit une page de délibération demandant la révocation du maire, de Bernard et de Thevenard et il la leur avait remise. Le lendemain 22, tout le village était sur pied. Adrien Mongin était à la tête des manifestants armés de fourches de fer ; il les avait convoqués en sonnant la cloche ; il était fortement secondé par Marguerite Tellecey, veuve Lacroix et par Marguerite Lacroix, fille de cette dernière. Marguerite Lacroix était armée d'un fourchet ; elle criait, ainsi que sa mère, qu'il fallait tuer les officiers municipaux, qu'il fallait couper la tête à Barthélemy Bernard, qu'il fallait le tuer, qu'il y passerait, que quand on lui aurait coupé la tête, on *l'encrotterait.* « Tuez-les, disait-elle, coupez-leur la tête et déchirez l'écharpe. »

Arrivée à la commune, la foule demanda la destitution du maire et des officiers municipaux ; elle somma Joannet de prendre des réquisitions en conséquence et lui fit dicter la délibération rédigée la veille par Terguet. Il est probable que cette délibération fut votée. Nous n'en avons pas la preuve. Plus rien ne subsiste de tous ces faits dans nos archives ou presque rien, et nous ne les connaissons que par les délibérations du district et du département, par le jugement du tribunal correctionnel et par des lettres de Joannet. — Les émeutiers sommèrent ensuite Joannet de leur livrer les clefs du buffet où avait été enfermée l'argenterie ; ils s'en saisissent et la reportent à l'église.

C'était une émeute véritable ; il fallait la réprimer. Le 24, par ordre du district, un détachement de 250 volontaires est envoyé à Arc-sur-Tille sous les ordres de Celse Jacquemard. L'église et la cure sont investies ; mais le curé avait été prévenu et s'était échappé. Jacquemard rencontre Pierre Bourgeot et lui crie : « Soutiendras-tu ton curé, calotin ? — Laisse-le tranquille, lui répond Bourgeot, il vaut mieux que toi et moi. » Jacquemard le frappe d'un coup de poing, tandis que quatre baïonnettes s'appuient sur sa poitrine.

Le 25, le curé est appelé devant le juge de paix, mais, malgré les cris et les menaces de Bernard et de Thevenard, le juge déclare qu'il n'y a pas lieu de l'arrêter. Les violences de Calignon, de Jacquemard et de Bernard font déclarer nulle cette première procédure. Une seconde information eut lieu le 29 ; elle fut dirigée par Calignon, qui pressait les témoins : « Dites que c'est le curé, leur soufflait-il, dites que c'est la sœur du curé, l'aînée, la boîteuse ! »

Le 7 novembre un mandat d'amener fut décerné contre lui, il fut arrêté, attaché et conduit à la maison d'arrêt comme un criminel. Joannet fut laissé en liberté sous caution ; Adrien Mongin, Marguerite Lacroix et sa mère se constituèrent volontairement prisonniers le 16 novembre.

Le jury d'accusation déclara qu'il n'y avait pas lieu de poursuivre Terguet ; il n'avait pas pris part à l'émeute et la défense qu'il avait présentée paraissait plausible. Les autres accusés devaient être renvoyés devant le jury de jugement.

Joannet n'était pas parmi les émeutiers, mais, comme procureur de la commune, il avait reçu le projet de délibération des émeutiers au lieu de s'y opposer et leur avait livré les clefs du buffet à l'argenterie : il fut condamné à 3 mois de prison. Les 3 autres accusés furent condamnés à 15 jours de la même peine.

Les volontaires venus à Arc-sur-Tille avaient fait quelques dépenses dans les auberges. Les mémoires des aubergistes avaient été envoyés au district. Après examen du district, ils furent adressés au conseil général d'Arc-sur-Tille pour avis. Le conseil ne les trouva pas enflés. Calignon les renvoya au district. Dans sa lettre, il disait que le conseil général, en l'absence du procureur de la commune, les avait approuvés à l'unanimité, mais le procureur étant revenu, « ce brouillon, dit-il, eut assez de crédit sur l'esprit de quelques membres pour les empêcher de signer. » Il ajoute que, par ses réquisitions, le procureur cherche à éluder la loi qui accorde aux communes leur recours contre les instigateurs des troubles. Il jouit actuellement de la faveur populaire, mais cette popularité « se dissiperoit comme le brouillard à l'approche du soleil » si le jugement du jury obligeait la commune à exercer ce recours contre lui. Mais cela, il n'ose l'espérer : Joannet « sera peut-être aussi heureux au jury de jugement que le curé son complice l'a été dans celui d'accusation. »

Nous avons vu que les craintes de Calignon n'étaient pas entièrement fondées ; Joannet fut condamné ; mais il ne fut pas question du recours de la commune contre lui.

Le 16 octobre, on retire les registres de l'état civil au curé et on décide qu'ils seront dorénavant tenus à la mairie par un officier public. Ils gagneront sans doute en exactitude et en uniformité, mais, pour les chercheurs, ils perdront beaucoup en intérêt.

Les émeutes provoquées par la question de l'argenterie devaient exciter les craintes du parti avancé d'Arc-sur-Tille. Une délibération signée par Calignon, Bernard et Thevenard fut prise contre les modérés. D'après cette délibération, le bruit aurait couru que des citoyens, séduits par le fanatisme et d'autres intrigues attendaient le départ de la force armée pour se livrer à de nouveaux excès. On dressait en même temps une liste de 40 citoyens ou citoyennes qu'on jugeait suspects et et qu'il serait à propos de désarmer. Le directoire ne pouvait rester sourd à un tel appel ; le juge de paix ordonna le désarmement des citoyens indiqués et la gendarmerie fut chargée de l'exécuter (1).

Dès le 29 octobre, Martin Pécaut proteste contre la liste des suspects ; le 21 novembre, nouvelles protestations des autres suspects qui déclarent que c'est par malveillance que Calignon, Bernard et Thevenard les ont fait inscrire sur cette liste, sans

---

(1) La liste de ces 40 suspects, en réalité 39, était attachée avec de la cire à la feuille du registre des délibérations ; elle en a été enlevée, mais elle peut être reconstituée par les réclamations des intéressés et elle se retrouve d'ailleurs dans une délibération du mois de mai 1793.
Elle comprenait : Claude Bourrelier, Jean Curot, Noël Bourgeot, l'aîné, Jean Devienne, Denis Curot, l'aîné, François Utinet, Denis Utinet, Didier Jacquot, Martin Bourgeot, maréchal, François Curot, cordonnier, Jean Orième, Jean Maître, couvreur, François Utinet, père, Etienne Regnier, Jean Pécaut, veuve François Bourgeot, Antoine Guillemier, François Curot, fils, François Clerget, Denis Curot, le jeune, Jean Tristan, Martin Pécaut, Charles Thevenin, Bourdier, Roblet, Demartinécourt, Jean Pécaut, Mangematin, Simon Morisot, fils, la veuve Picard, Boutavant, Martin Bourgeot, charron, Jean Febvret, la veuve Devienne, la veuve Piot, Nicolas Terguet et Gouget, son neveu, François Bourgeot fils, Martin Maître.

que les autres officiers municipaux ni le conseil général de la commune aient été consultés. Ils demandent à en être rayés et réclament leurs armes.

Le directoire du district arrête que ces pétitions seront communiquées au Conseil général de la commune d'Arc-sur-Tille, invité à fournir ses observations, après quoi on statuera selon qu'il appartiendra.

Le 22 novembre, le conseil général déclare que les citoyens dénoncés ne doivent pas être maintenus sur la liste des suspects « puisque presque tous s'étaient empressés d'envoyer leurs enfants à la défense de la patrie. »

Le district décida que le fait n'était pas de la compétence du corps administratif, puisque le désarmement a été opéré en vertu d'un jugement rendu par le juge de paix ; il n'a donc pas à délibérer ; c'est aux parties à se pourvoir devant les tribunaux qui se sont saisis de cette affaire.

Le 3 décembre, avait lieu le renouvellement de la municipalité et du conseil général. Les élections furent modérées : Jacques Richard fut nommé maire, Jean Verrey, procureur ; Martin Pécaut, Jean Devienne, Noël Bourgeot l'aîné, Jean Bourgeot puîné et Martin Curot, fils, furent nommés officiers municipaux.

L'ancienne municipalité remit à la nouvelle les papiers et registres municipaux qui sont énumérés et que nous n'avons malheureusement pas tous retrouvés. Parmi les objets remis est signalé une plaque en cuivre de 21 pouces de long et 19 pouces de large contenant une inscription « d'une cy-devant dame Catherine Chabot, ôtée de la Chapelle de l'Egalité (1). »

Le même jour, 3 décembre, Barthélemy Bernard faisait déclaration que les Amis de la légalité et de la liberté s'assembleraient dorénavant chez Claude Thévenard (2).

Cependant les denrées de première nécessité devenaient rares et le marché de Dijon s'approvisionnait de grains par le système des réquisitions.

Le 13 Décembre, Arc-sur-Tille dut fournir 100 mesures de blé.

Le 16, le conseil général de le commune décida la création d'un magasin d'approvisionnement de blé, « attendu que beaucoup d'habitants ne récoltent des grains d'aucune espèce et que vu la façon dont se tirent les grains, il est à craindre que, vers le mois d'avril, ils ne puissent plus en trouver au village. »

Le Conseil faisait un appel au patriotisme et au désintéressement des détenteurs de grains, car il fixait le prix du paiement à 20 sols de moins que le prix moyen au moment de la livraison. La liste de ceux qui consentiraient à livrer des grains serait affichée à la maison commune.

Il semble bien qu'à ce moment le village était en grande majorité pour les idées modérées ; car

(1) Cette plaque de cuivre a disparu. Catherine Chabot avait voulu être enterrée à Arc-sur-Tille dans la Chapelle des Rois. L'inscription était ainsi conçue : « Cy-gît Catherine Chabot, femme de Guillaume de Saulx, lieutenant du Roy, fille d'Eléonor Chabot, comte de Charny, Grand écuyer de France. A fondé la grande-messe tous les vendredis et un grand libéra les dimanches; morte en 1610. — Claude de Saulx, son fils aîné, a fait faire cette table 1610. »

(2) La maison de Claude Thévenard est celle qu'on appelle aujourd'hui la maison du Raisin.

Joannet qui avait joué un rôle dans l'émeute de l'argenterie et qui devait être pour cela condamné à 3 mois de prison, n'en avait pas moins été élu juge de paix le 25 décembre, quoi qu'il fût sous le coup d'un mandat d'arrêt et qu'il ne fût maintenu en liberté que sous caution.

Ses ennemis durent être furieux; Joannet se constitua prisonnier et fut maintenu en prison jusqu'au 6 mai.

Dès le 27 février, une plainte avait été adressée contre lui au district. Elle émanait de la société populaire et était signée de 9 membres de cette société. On rappelait qu'au moment de son élection, il était sous le coup d'un mandat d'arrêt, que le lendemain de l'élection, il fut décrété d'arrestation par le jury d'accusation pour le rôle joué par lui dans les troubles des 20 et 21 octobre, que depuis il fut condamné à 3 mois de prison ; que son élection était due à l'intrigue et à la cabale. Les pétitionnaires demandaient en conséquence que son élection fût annulée et que l'assemblée primaire fût invitée à élire un nouveau juge de paix.

Le district ne fut pas de cet avis. Il reconnut bien que Joannet avait été condamné par le tribunal correctionnel comme instigateur de troubles, mais ce n'était pas une raison de le destituer comme juge de paix, parce que le délit qui lui était reproché n'avait aucun rapport avec ses fonctions ; il n'y avait donc pas lieu de faire droit à la demande de quelques citoyens d'Arc-sur-Tille. D'autre part, le tribunal avait condamné Joannet comme le voulaient les circonstances ; si les corps administratifs provoquaient sa destitution, ils aggraveraient la peine prononcée contre lui et excéderaient leur pouvoir.

Les ennemis de Joannet ne se tinrent pas pour battus ; ils avaient d'ailleurs comme appui Jean Calignon qui, depuis le 22 décembre, était devenu l'un des administrateurs du département.

Le 18 mars, 9 citoyens d'Arc-sur-Tille, membres de la Société populaire, accusèrent Terguet et Joannet de correspondre avec les ennemis de la république, de leur avoir fait passer de l'argent, d'avoir excité des désordres dans la commune. Calignon porta lui-même ces dénonciations aux commissaires de la Convention, qui en référèrent au département.

Le Directoire du département « considérant que l'on ne peut regarder comme un bon citoyen, comme un ami de la chose publique, comme un homme qui puisse conserver la place de confiance dont l'avait honoré le choix de ses concitoyens, un juge de paix atteint et convaincu d'être un des auteurs principaux d'une émeute considérable dont le but unique était d'empêcher l'exécution d'une loi importante, d'avoir excité les habitants de sa commune à se porter à des menaces, à des injures, des excès même contre les officiers municipaux et d'avoir été condamné pour ces faits, » arrête d'en référer au ministre de la justice pour décider.

Le 29 mars, le district refusa les certificats de civisme délivrés à Joannet par cinq communes du canton et le 20 avril, il dénonça Terguet et Joannet comme ayant des liaisons avec les conspirateurs.

Le 4 avril, dans un mémoire imprimé où elle donnait les noms de ses membres, la Société populaire d Arc-sur-Tille envoyait les noms des fonctionnaires qui devaient être destitués ; toute la municipalité et le conseil général de la commune étaient à remplacer « excepté le maire (Jacques Richard) qui est un honnête homme et qui ira bien quand il sera secondé. » Elle accusait ensuite formellement Joannet et Terguet qui auraient réussi par leurs intrigues à former la municipalité actuelle dont ils faisaient partie, Joannet comme notable, Terguet comme officier municipal.

Joannet et Terguet devaient succomber.

Un décret suspendit Joannet de ses fonctions de juge de paix, et, comme alors il purgeait sa condamnation, on le maintiendrait en prison, il était remplacé provisoirement comme juge de paix par Jacquemard.

Un mandat d'amener fut lancé contre Terguet qui fut arrêté le 21 avril par la gendarmerie.

Le registre d'écrou (1) constate que Joannet avait été incarcéré le 21 janvier avant midi, et le 20 avril, le greffier du tribunal écrit : « Les trois mois de prison auxquels a été condamné Pierre Joannet par jugement du tribunal criminel du 18 janvier étant expirés de cejourd'huy, je l'ai mis en liberté et en ai déchargé le gardien. Dijon le 20 avril, *Durey*, greffier du tribunal criminel. »

L'ordre de le retenir dut arriver au moment même où Durey lui signifiait sa mise en liberté, car on lit à la suite : « Retenu à la maison d'arrestation en vertu des arrêtés des commissaires de la Convention du 4 de ce mois et du Directoire du dis-

(1) Archives de la Côte-d'Or, L. 667³.

trict d'aujourd'hui 20 avril 1793, l'an II de la République française. Signé : *Villée.* »

Terguet emprisonné d'abord à la maison de justice fut transféré le 3 mai avec les autres prêtres, au séminaire, place St Jean, 1.

Le 29 avril, Joannet adressa une requête aux commissaires de la Convention et demanda son élargissement. Il protestait de son civisme, déclarait que son arrestation était due à d'indignes manœuvres de ses ennemis ; il rappelait ses services : son fils a été un exemple pour les enfants du village, car il a appris la déclaration des droits et a mérité un prix d'encouragement ; quànt à lui, il a le premier établi la révolution dans le canton en faisant une assemblée de 31 communautés où il a prononcé un discours et une requête qu'il a fait imprimer ; il a rédigé les cahiers de plus de 20 villages. Il produisait des certificats de civisme de la municipalité et du conseil général d'Arc-sur-Tille et des communes de Couternon, Remilly, Bressey et Arceau.

Le même jour, sur la réquisition de Jean Verrey, procureur de la commune, le conseil général de la commune d'Arc-sur-Tille, adressait en faveur de Terguet et de Joannet la pétition suivante :

« Les soussignés, membres du conseil général de la commune d'Arc-sur-Tille, malgré qu'ils ignorent les motifs de l'arrestation du citoyen Pierre Joannet, pensent qu'il est de leur honneur et de leur conscience de s'empresser de rendre hommage à la vérité, qui est que le citoyen Joannet, membre de cette commune, s'y est toujours conduit avec une très grande régularité dans les mœurs, qu'il a exercé son état de notaire depuis douze ans à la satisfaction de tout le publique, qu'il a travaillé à commencer et à établir la révolution, que depuis ce tems il n'a cessé d'encourager ses concitoyens à l'affermir par son exemple et ses parolles ; que nous le reconnoissons comme nous étant très nécessaire et util pour nous guider dans les mouvemens de la Révolution et dans l'exécution des lois ; que c'est d'après ces diverses raisons qu'il a eu la confiance de tout le canton pour la place de juge de paix qui luy a été confiée à la presque unanimité des suffrages et que nous avons reconnu son utilité dans les affaires de notre commune en l'y appelant comme notable.

« Nous déclarons que nous soupirons après son retour, parce que nous croyons sa présence indispensable et qu'il ne mérite aucunement la sévition qui doit être infligée aux gens contraires à l'ordre des choses et nous prions les citoyens commissaires de la Convention et tous nos concitoyens de considérer le dit Pierre Joannet comme un bon citoyen qui mérite les égards de la société et dont nous garantissons les mœurs.

« Les soussignés membres du conseil général de la commune d'Arc-sur-Tille, ne connaissant point les motifs qui ont donné lieu à l'arrestation du citoyen Terguet, ministre du culte catholique de cette commune, se croyent obligés de rendre hommage à la vérité qui est que ledit Terguet a toujours prêché la paix, l'obéissance aux lois, qu'il a exercé les fonctions de curé avec la plus grande exactitude. Nous déclarons enfin que tous nos vœux ainsy que ceux des citoyens que nous réprésentons se réunissent pour prier les citoyens commissaires de la Convention et le département de nous renvoyer le citoyen Terguet pour exercer les fonctions du culte catholique en cette commune. »

Signé : Richard, maire, Jean Devienne, Noël Bourgeot, Martin Pécaut, Martin Curot, Jean Curot, Adrien Galand, Charles Curot, André Clopin, Etienne Mongin, Bénigne Mongin, Denis Brullebaut, Denis Utinet, Jean Verrey, Denis Curot, Thibaut, secrétaire. »

Nous avons cru devoir donner les noms des courageux citoyens qui ont osé rédiger cette pétition et prendre la défense de deux compatriotes qu'ils regardaient comme accusés et détenus injustement. Nous ne sommes pas encore aux plus mauvais jours de la Convention, mais il y avait déjà un réel péril à paraître modéré ou ami des modérés, et cependant ils ne craignirent pas de défendre deux compatriotes que les conseils supérieurs et les commissaires de la Convention regardaient comme suspects.

L'un des commissaires de la Convention, Bourdon, ordonna la mise en liberté de Terguet et de Joannet.

Leur retour fut célébré à Arc-sur-Tille par une allégresse générale ; il y eut des danses publiques, et on carillonna les cloches pendant trois jours. En même temps on insultait des membres de la Société populaire ; un seau d'eau fut jeté sur une femme d'un des membres de la société, parce qu'elle n'était pas allée avec les autres au-devant de Terguet et de Joannet. On menaça de *peigner* les membres de la société. On injuria Jacquemard père qui avait remplacé Joannet ; sa famille fut exposée aux mêmes insultes. Des enfants vinrent le soir lancer des cailloux contre les volets de la chambre où s'assemblait la Société.

La veille de sa mise en liberté, Joannet écrivit au Directoire du département pour dire que tous ses malheurs venaient de Calignon : c'est lui qui l'a fait condamner en dictant les réponses des témoins, en arrangeant leurs dépositions et en les écrivant lui-même de sa main. Le jugement a porté sur deux faits : le premier concernait la translation de l'argenterie et l'émeute qu'elle a occasionnée ; le jury l'a renvoyé de toute inculpation à cet égard. Le deuxième se rapportait à la demande de révocation du maire et des officiers municipaux, et c'est sur ce fait que, comme procureur de la commune, il a été condamné pour n'avoir pas montré assez de fermeté et ne s'être pas assez fortement opposé aux demandes des habitants. Il accuse Calignon de n'avoir que le masque du patriotisme ; c'est un homme qui a semé la division dans les deux villages qu'il a habités ; il a refusé de dire s'il savait que son propriétaire était émigré ; il a laissé deux coupes de bois arriérées et a été cause d'une disette de bois dans la région ; il n'a pas fait enlever les girouettes à armoiries de sa maison ; il a vendu plus de 1200 mesures de blé sur la Saône et quand il a été réquisitionné d'en fournir au marché de Dijon, il n'en a livré que 25 mesures au lieu de 50 ; il a refusé de contribuer au grenier d'abondance d'Arc-sur-Tille ; il s'est trouvé mal à la vue de deux de ses domestiques qui venaient de s'enrôler ; il a fait champoyer par plus de 100 bêtes à cornes les revenues des bois

de sa ferme, qui sont maintenant des biens nationaux ; il a fait prêter serment aux membres de la
Société populaire que tout y serait secret et il en a
fait expulser ceux qui ne condescendaient pas à ses
vues ; il a commis des actes arbitraires quand il était
maire ; il n'a pas rendu ses comptes et il emporté
les pièces originales qui auraient permis d'en faire
la vérification.

De retour à Arc-sur-Tille, Joannet reprit ses fonctions de notable et de juge de paix et commença
aussitôt à la maison commune une enquête contre
Calignon sans en avoir reçu mission et entendit de
nombreux témoins.

En même temps, d'autres plaintes étaient faites
contre Calignon à l'instigation sans doute de Joannet.

On l'accusait d'avoir vendu à des boucheries de
Dijon des vaches qui étaient mortes de maladie ;
d'avoir affecté de laisser périr les herbages de ses
prés au lieu de les récolter ; et on renouvelait les
plaintes de Joannet sur les coupes de bois non faites, le blénon livré et les revenues de bois cham-
poyés.

C'était, on le voit, une guerre à mort.

Calignon sembla devoir succomber, car il fut condamné à 50 l. d'amende pour avoir vendu de la
viande avariée ; mais il en appela.

Le 12 mai, le procureur syndic présenta au conseil
général de la commune les agissements de la société populaire comme dangereux, tyranniques et injustes. Il fut arrêté qu'elle serait dissoute et qu'on
en formerait une autre. Et aussitôt un officier municipal, un notable, le procureur de la commune,

le secrétaire de la municipalité et quatre gardes
nationaux se transportèrent au lieu ordinaire des
séances de la société pour la dissoudre, si elle était
assemblée, pour se saisir de tous les registres, papiers et documents divers, et les déposer à la maison commune.

La société populaire se défendit.

Dès le 11 mai, c'est-à-dire la veille de la fermeture des séances, Celse Jacquemard et Charbonnier,
percepteur d'Arc-sur-Tille, adressaient une longue
pétition au directoire.

Ils déclaraient illégale la mise en liberté de Terguet et de Joannet, car Bourdon n'avait pas consulté
son collègue. Ils rappelaient que Joannet, greffier
de la justice de l'émigré Villedieu, de Belleneuve,
ancien agent et débiteur de cet émigré, n'avait pas
encore déposé ses registres ; qu'il avait conservé
une cloche à l'église, malgré la décision du conseil
général ; et qu'il avait lui-même rédigé la pétition
demandant que l'argenterie de l'église ne fût point
livrée. La municipalité actuelle lui est favorable,
mais elle n'a pas fait ce qu'elle devait. La société
populaire au contraire est composée de patriotes
avant la révolution, d'hommes qui réunis en 1788
avec les députés de 31 communautés, demandèrent
l'égale représentation aux États-Généraux. Joannet
au contraire n'est devenu patriote que depuis son
incarcération. Évidemment Léonard Bourdon a dû
faire ce raisonnement :

La commune d'Arc-sur-Tille jouit de la réputation de patriotisme ;

Donc ceux qui la composent sont patriotes :

Joannet et Terguet ont la confiance de la commune ;

Donc ces deux êtres sont des aigles en patriotisme. Mais ce n'est pas à Terguet et à Joannet que la commune doit sa réputation : « C'est à nous, disent-ils, c'est à la société républicaine ; car nous aussi nous avons eu la confiance de la commune, et c'est alors seulement qu'elle a donné des preuves de patriotisme. »

Une première preuve, c'est le grand nombre des volontaires partis pour l'armée ; mais alors la municipalité était formée des membres de la société républicaine. Joannet, il est vrai, était procureur, mais il n'assista pas à la cérémonie du recrutement ; il essaya même de l'empêcher en disant que les volontaires allaient à la boucherie.

Une autre preuve, c'est que toutes les contributions de 1791 ont été payées, grâce au zèle du percepteur ; il n'en est plus de même maintenant, car Jacques Richard, le nouveau percepteur, est aussi le maire et l'ami de Joannet et de Terguet.

Il y a à Arc-sur-Tille une grande fermentation ; les esprits sont très excités. Les pétitionnaires rappellent les scènes qui ont suivi la rentrée des deux prisonniers et assurent que des troubles graves peuvent se produire

L'acte de Bourdon doit être rapporté ; Joannet doit être suspendu de ses fonctions que, d'après la loi, il ne peut remplir ; Terguet ne peut-être ni notable, ni officier public. Calignon est accusé par eux : qu'on voie si ces accusations sont fondées! La société républicaine est inculpée ; qu'on envoie deux commissaires pour faire une enquête !

Ils terminent ainsi : « Nous aurions pu facilement faire adopter notre pétition à un grand nombre de nos concitoyens qui gémissent comme nous en attendant le retour de l'ordre ; mais nous n'avons voulu partager avec personne la gloire de vous dire la vérité, de vous présenter les moyens d'étouffer des troubles dont l'effet effraie l'imagination, si l'on réfléchit aux maux déchirants qui accablent le département de la Vendée. D'un autre côté, nous avons voulu être seuls responsables des faits que nous dénonçons. »

Le 13, la Société républicaine pétitionnait de son côté et demandait « réparation d'une grande injustice. »

Elle rappelait comment leur club avait été brutalement fermé par la municipalité. « C'est vraiment, disait-elle, comme si la municipalité défendait aux habitants de notre canton d'être patriotes et républicains, puisqu'elle dissipe et chasse une assemblée toute composée de républicains. »

Les clubistes ont songé d'abord à repousser la force par la force, mais ils ont pensé que les citoyens administrateurs leur feraient rendre justice. Il faut que cette réparation soit vite accordée car c'est trop dur d'être vexés si longtemps par les aristocrates.

« D'ailleurs, disent-ils, vous ne pouvez pas faire autrement, car vous avez juré de maintenir la liberté de la république, et s'il est défendu aux républicains de s'assembler, adieu la liberté, adieu la république ! »

« En nous débarrassant de ces deux hommes qui ne font que troubler notre canton, donnez-nous vîte un juge de paix ; rétablissez le club et punissez la municipalité de la violence qu'elle a exercée contre les patriotes. Faites comme vous l'entendrez citoyens, mais donnez-nous prompte justice. » Et une autre main, peut être celle de Thevenard fils, a ajouté : « Si vous y mettés de la négligence vous resterés responsables sur vos têtes des évènements. »

Cette pétition était signée des principaux membres de la Société populaire.

Le département se décida à envoyer quatre commissaires pour enquêter sur les faits dont il était saisi et essayer de rétablir la paix à Arc-sur-Tille. Ils arrivèrent le 16 mai. Dans une première séance, on lut toute les pièces, délibérations, pétitions, plaintes, accusations que nous avons analysées. Calignon demanda ensuite qu'on fît la preuve des accusations portées contre lui ; Joannet fit une demande analogue. Joannet avait accusé Barthélemy Bernard d'avoir tenu ce propos au sujet de la défection de Dumouriez : « Hé bien ! les nouvelles sont mauvaises, mais si les affaires vont plus mal, nous nous retournerons de l'autre côté et nous tomberons sur les patriotes. » Bernard demanda que Joannet prouve qu'il a tenu ce propos. Enfin Jacquemard fils demande qu'on se transporte à la Société populaire et qu'on lève les scellés qui y ont été apposés. On s'y rend. On trouve le registre de la société ; la première délibération était du 30 juillet 1792 et la dernière du 21 avril 1793 ; on trouve aussi les titres des affiliations de la Société aux Jacobins de Paris, aux sociétés de Reims, de Dijon et de Pontailler. L'enquête continue le 17, le 18, le 19 et le 20 mai.

On avait accusé la société de tenir des réunions clandestines, portes closes, et d'obliger ses membres au secret des délibérations. La société prouve que c'est faux, mais qu'elle a fait le serment de dénoncer tous ceux qui nuisaient à la chose publique. Si Panarioux a été exclu de son sein, ce n'est pas parce qu'il refusait de signer la dénonciation contre Joannet, car Richard, maire, et Marchand, fils, ne l'ont pas signée et n'ont pas été exclus.

Une longue enquête est faite au sujet des propos de Bernard et des vaches vendues par Calignon ; de nombreux témoins sont entendus et il semble bien résulter de cette enquête que les faits ont été dénaturés et grossis par la rumeur publique ; les bestiaux de Calignon avaient dû être abattus, mais les maladies qu'ils présentaient n'avaient rien qui empêchât de consommer la viande, et il semble qu'ils ont été abattus encore vivants.

Tandis qu'on discutait, Jean Verrey proposa le 19 que, pour le bien de la paix, toutes les informations faites soient anéanties et que tous promettent d'oublier leurs haines et leurs divisions. Le conseil général est du même avis et consent au maintien de la société populaire. Terguet alors déclare qu'il renonce à être notable et officier public pour se confiner dans son ministère, et appuie la proposition de Verrey. Calignon déclare qu'il est fonctionnaire et qu'avant tout il doit être purgé de toutes les accusations portées contre lui. A ce moment, au milieu des applaudissements, Calignon et Joannet s'embrassent en signe d'amitié et de fraternité.

« Et nous, commissaires et officiers municipaux et du conseil général de la commune, attendris jusqu'aux larmes et pénétrés de la satisfaction la plus complète et ayant cru avoir bien employé le temps de notre séance, nous l'avons levée après l'avoir signée. »

Le lendemain, au début de la séance, Joannet s'exprima ainsi :

« Citoyens, vous avez entendu le mot oui, prononcé de ma part sur le vœu ' ... eil général de la commune ; ne ... ... vues aussi sages, ce ' ... n'entra ... s vif ... aternelle qui ... époque dans les annales ..., d'autant plus que les scènes scan- ...euses qui nous sont imputées sont répandues au loin ; cette réunion tariroit tous nos maux et j'en désire trop ardemment la fin pour ne pas la demander avec empressement.

» Ne pensons plus s'il y a des coupables ou des innocents. Je fais le sacrifice de tout ce dont je croirois avoir à me plaindre ; je demande de même que l'on oublie tout ce qui de ma part pourroit avoir donné lieu à quelques griefs , je proteste avec la plus grande sincérité, je prends à témoin l'assemblée et je désirerois que la patrie entière pût l'entendre, que je réglerai ma conduite et mes actions de manière à tout faire oublier ; oui ! je le jure, je ferai moi-même toutes les premières démarches et j'espère que mes concitoyens, que tous ceux qui paroissent divisés agiront de même et l'exprimeront avec la même franchise. Si mon cœur était ouvert, vous y verriés ce qui s'y passe ; vous y verriés le grand désir d'une entière réunion fraternelle. Prêtons-nous y tous ; consignons dans nos registres un pareil acte qui sera une preuve évidente de notre envie à travailler au bien de la patrie. Demandons-en l'impression ; répandons-le et donnons aux commissaires ci-présents l'attendrissant spectacle de l'action la plus belle et vraiment digne de tous les citoyens.

» Réunissons-nous donc pour nous occuper entièrement du salut général ; songeons sérieusement que de cette réunion dépend sans doute le bonheur de notre vie ; examinons que nous détruisons par nos dissensions le bien que les généreux esprits de tous les départements tendent à nous procurer.

» Citoyens, je vous donne l'exemple et qu'avec des cœurs sincères vous veuilliez bien m'imiter. »

Courant ensuite à Calignon, Joannet lui dit : « Recevez-moi avec la chaleur d'un cœur fait pour l'amitié. »

Après ce discours, toutes les accusations furent retirées et Calignon donna des explications plausibles pour se justifier de tous les griefs portés contre lui.

Et cependant ce n'était pas la paix ; les deux principaux intéressés n'avaient échangé qu'un baiser Lamourette. L'éloquence de Joannet était bien ampoulée et trop intéressée pour paraître sincère ; quant à Calignon et à la Société populaire, ils ne désarmaient pas, comme nous le verrons bientôt.

Les commissaires avant de rentrer à Dijon, visitèrent les communes du canton : Couternon, Bressey, Remilly et Arceau, y rassemblèrent les conseils

généraux, leur annoncèrent que la paix était réta-
blie à Arc-sur-Tille et leur firent décider qu'à l'avenir, si des troubles éclataient encore à Arc-sur-
Tille, ils n'y prendraient aucune part.

Cette mesure de précaution ne semble pas indiquer que les commissaires étaient bien convaincus
de la solidité de la réconciliation.

Dès le 24 mai, Calignon et Bernard dénonçaient
de nouveau les sentiments aristocratiques de
Joannet.

Ils déclarent que c'est à tort que Vaillant, l'un
des commissaires, a annoncé que les deux partis
d'Arc-sur-Tille avaient avoué réciproquement leurs
torts et que la paix était faite : « Des patriotes,
ajoutent-ils, ne fraternisent jamais avec des aristocrates ; on ne fait pas la paix avec eux. » A la
séance du 19 mai, Joannet a prononcé un discours
bas et rampant et a eu la hardiesse de présenter sa
joue à Calignon, mais ce que ne dit pas le procès-
verbal, « je le repoussai avec horreur » et ce n'est
que sur les instances trois fois répétées de Vaillant
« que j'ai consenti à tendre les pointes d'une
longue barbe à Joannet. » Quant à lui, Calignon, il
est lavé de toutes les accusations entassées contre
lui, mais il n'en est pas de même de Joannet et sa
révocation est demandée avec de nouvelles instances. La lettre se termine par ces vers :

« Autant il faut de soins, d'égards et de prudence
Pour ne pas diffamer l'honneur et l'innocence,
Autant il faut d'ardeur, d'inflexibilité
Pour déférer un traître à la société. »

Enfin contrairement à ce qu'a dit Vaillant, ils
n'ont jamais avoué aucun tort.

Le 13 juin, conformément à la loi du 14 août 1792, Terguet prêta de nouveau serment devant les officiers municipaux et le conseil général de la commune, qui déclarèrent qu'il s'était toujours conformé aux lois et s'était comporté avec un pur civisme. Comme il avait donné sa démission d'officier public, il fut remplacé par Martin Bourgeot. Adrien Galand fut nommé officier municipal et juge du tribunal de police en remplacement de Martin Curot, démissionnaire.

Le 7 juillet, Doret était de nouveau engagé pour trois ans comme recteur d'école, aux émoluments de 240 livres dont 51 livres 16 sols payés par la fabrique.

Cependant le Directoire du district, ayant reçu le rapport des commissaires envoyés à Arc-sur-Tille, se saisit de la question des incidents d'Arc-sur-Tille et n'accepta pas la transaction qui s'était faite. Le rôle de Joannet n'avait pas été bien brillant ni même honorable. Croyant qu'une réconciliation sauverait tout, il avait retiré toutes les accusations qu'il avait soulevées contre Calignon, disant ou qu'il s'était trompé, ou qu'il avait été trompé, ou qu'il avait cédé à la colère ou au désir de vengeance. Le district ne pouvait accepter cette situation, car si toutes les accusations portées soit contre les particuliers soit contre la Société populaire étaient sans fondement, bien des illégalités avaient été commises et, de plus, la proche parenté d'un certain nombre de membres du conseil était un fait évident. Aussi le 16 juillet, déclarait-il cassés, révoqués et annulés la délibération du 13 avril et l'arrêté du 12 mai 1793 qui avaient dissous la Société popu-

laire ; celle-ci était autorisée à reprendre ses
séances que le conseil n'aurait plus à troubler. Les
démissions de Terguet et de Martin Curot étaient
acceptées. Noël Bourgeot, beau-frère du procureur
de la commune devait, avant huit jours, donner sa
démission d'officier municipal sous peine de révocation ; le citoyen Richard, maire et trésorier de la
commune, devrait opter pour l'une de ces deux
fonctions. Joannet s'est rendu coupable de bien des
intrigues soit en se faisant délivrer clandestinement
un certificat de civisme, soit en réunissant les
citoyens des communes du canton d'Arc-sur-Tille
pour le secourir dans l'enquête qui avait lieu : dans
ses accusations contre Calignon, il s'est mal informé
ou s'est laissé tromper sans vérifier lui-même ce
qu'il avait entendu dire ou a obéi à un désir de
vengeance, sentiments qui ne doivent pas animer
un juge de paix : il sera donné connaissance de ces
faits à l'accusateur public. Il semble bien établi
pour ce qui concerne Calignon que son bétail n'était
pas atteint d'une maladie contagieuse, qu'il a été
abattu à temps, que la viande était saine ; cependant
il est sous le coup d'une condamnation à Dijon
pour fourniture de viande avariée ; il en a appelé,
mais l'enquête faite à Arc-sur-Tille ne prouvera
rien en sa faveur, tant que la condamnation subsis-
tera ; il devra faire statuer avant un mois sur son
appel, et passé ce délai, il sera statué à son égard
ainsi qu'il appartiendra.

Cet arrêté était sans doute sévère, mais on ne peut
pas dire qu'il n'était pas juste : les démentis que se
donnait Joannet condamnaient sa cause et favori-
saient au contraire ses rivaux et la Société populai-

re qui n'avaient certes pas moins de tort que lui. Cet arrêté devait d'ailleurs être approuvé le 31 août par le Directoire du département et devenait dès lors exécutoire.

Le 10 août était un anniversaire solennel qui consacrait la chute de la royauté. Martin Pécaut et Jean Bourgeot furent délégués à Dijon pour prendre part à la fête qu'on y célébrait et recevoir les embrassements des frères du chef-lieu. A Arc-sur-Tille, les officiers municipaux et les notables accompagnés de la garde nationale partirent de la maison commune au son du tambour et se rendirent sur la place du Champ de la Liberté où le serment fut prononcé d'abord par le maire Jacques Richard ensuite par le commandant de la garde nationale et tous les citoyens présents s'y joignirent en disant : « Je le jure ! ». Tous déclarèrent qu'ils s'unissaient de cœur et d'esprit à leurs frères réunis à Paris pour l'acceptation de la constitution. Le procès-verbal de la séance fut signé sur la place au pied de l'arbre de la liberté.

En vertu de la décision des conseils du district et du département Jacques Richard donna sa démission de maire et Noël Bourgeot celle d'officier municipal.

Des élections devaient avoir lieu pour la nomination d'un nouveau maire ; elles se firent le 8 septembre et Martin Maître fut élu maire par 71 voix sur 107 votants ; Thevenard fils, du parti avancé, n'avait obtenu que 31 voix.

Joannet avait d'abord déféré aux décisions du district et du département. Il avait paru se confiner dans ses fonctions de notaire auxquelles il joi-

gnait les travaux de l'agriculture. Il avait récolté
cette année 9 journaux de blé, ce qui d'après l'as-
solement triennal du pays lui supposait environ 27
journaux de terre, mais le 30 août, il fit savoir à la
municipalité qu'il venait de louer le domaine de
Mme Perrin (150 journaux) et que par suite il était
obligé d'acheter du blé pour l'ensemencer ; il demandait un certificat de cette location, afin de ne pas
être accusé d'accapareur, par suite des achats de
blé qu'il se proposait de faire.

Mais en réalité il regrettait les postes honorifi-
ques et lucratifs à la fois qu'il avait occupés. Il in-
triguait pour s'y installer de nouveau et redoublait
de zèle républicain et patriotique. C'est ainsi que
le 12 septembre il envoyait une pétition pour demander, dans les campagnes, l'application de la loi
militaire, c'est-à-dire l'organisation de la milice.
« La constitution physique du corps, disait-il, y ga-
gneroit sensiblement, l'ardeur pour la guerre et la
volonté de servir naîtroient plus généralement dans
les cœurs et les réquisitions seroient remplies avec
un empressement bien inattendu ; enfin, à l'imita-
tion des Suisses, tout le peuple étant soldat seroit
prêt à marcher et nos ennemis seroient alors convaincus de sa supériorité sur eux en nombre, en
talent et en courage. » Il demandait comme conséquence que tous les citoyens de 16 à 45 ans fussent
exercés chaque dimanche au maniement des
armes.

Les démarches de Joannet furent connues et le
15 septembre Thevenard, président de la société
républicaine, écrivit aux administrateurs du département pour les mettre en garde contre ses menées,

car il voulait cumuler les fonctions de notaire et de juge de paix.

La Convention venait de prendre un arrêté qui privait de toute fonction publique les parents d'émigrés à moins que, depuis le commencement de la Révolution, ils n'eussent joui de la confiance de leurs concitoyens et n'eussent pas cessé d'occuper une fonction publique.

Joannet avait une sœur de sa femme, nommée Jeanne Lebert, qui, domestique chez la marquise de Longecourt, avait émigré avec sa maîtresse. Joannet était donc parent ou allié d'émigré ; mais il pensa qu'il pouvait s'appliquer l'arrêté de la convention et il reprit ses fonctions de notable et peu après celles de juge de paix.

Le 15 septembre, le conseil général de la commune lui avait délivré un nouveau certificat de civisme, attestant que, depuis le commencement de la Révolution, Joannet, juge de paix du canton, n'avait cessé de donner les preuves d'un civisme pur et soutenu, et d'encourager ses concitoyens par ses paroles et son exemple, qu'il avait toujours exercé ses fonctions et s'était comporté en toutes circonstances comme un vrai républicain.

Le 19 septembre, la Société populaire le dénonça de nouveau. Elle disait qu'il s'était fait délivrer un certificat de civisme dont il avait lui-même dicté les termes, et que si le partage des biens communaux n'était pas encore fait à Arc-sur-Tille, c'était lui et quelques-uns de ses partisans qui en étaient cause, parce qu'ils avaient usurpé les terrains communaux et qu'ils voulaient éviter de les rendre.

Le 29 septembre, Barthélemy Bernard demanda un certificat de civisme sous prétexte d'aller s'établir a Dijon : selon l'usage, les notables le signèrent, et parmi les signatures se trouva celles de Joannet.

Le soir même, la Société populaire adressait une nouvelle dénonciation aux administrateurs du département. Elle rappelait que Joannet avait été suspendu de ses fonctions de notable et de juge de paix par un arrêté du département, et, malgré cela, il avait repris lui-même ses fonctions de notable, comme en faisait foi sa signature apposée au bas du certificat de civisme délivré à Bernard, certificat qui était joint à la plainte. C'était une désobéissance formelle de Joannet et du conseil général aux autorités constituées. Le but de Joannet était d'égarer les membres de la commune. C'est ainsi que récemment le conseil général avait dû réquisitionner des matelas, des traversins, etc., pour les hôpitaux militaires de Dijon ; Joannet s'était fait exempter de cette fourniture ; il en avait fait exempter aussi la veuve Perrin dont il est le fermier, la citoyenne Roussin et ses amis qui tous étaient en état d'en fournir (1) ; si l'on n'intervient pas, les troubles vont renaître ; c'est un aristocrate, un suspect, le beau-frère d'une émigrée, l'agent et le débiteur d'émigrés et l'unique cause du retard mis au partage des biens communaux.

_____

(1) En réalité, Joannet n'avait rien fait pour être dispensé de cette réquisition, mais il n'avait ni matelas, ni traversins disponibles ; il avait voulu contribuer selon ses moyens à la réquisition et avait pour cela versé 25 livres qui avaient été envoyées à Dijon.

Le district envoya un nouveau commissaire en-
quêteur, Duthu. Celui-ci constata que Joannet avait
repris ses fonctions en vertu du décret du 3 août
1793, quoique ce décret ne lui fût pas applicable.
Il dit dans son rapport qu'il a été donné avis de la
suspension de Joannet au ministre qui n'a pas répondu ce qui prouve qu'il l'a approuvée. Il paraît bien
établi que Joannet a essayé d'empêcher le recrutement, que Terguet a vendu des places à l'église de
son autorité privée et en a gardé l'argent ; que
Joannet alors procureur de la commune n'a rien
fait pour la rentrée des fonds, que tous deux ont
excité le fanatisme et causé des troubles. Le dossier
est renvoyé à l'accusateur public qui ordonne leur
arrestation.

Les ennemis de Joannet et de Terguet n'étaient
guère plus heureux. Un mois avant leur nouvelle
arrestation, Calignon était révoqué de ses fonctions
d'administrateur du département par le commissaire de la Convention, il était mis sous la surveillance
de la municipalité d'Arc-sur-Tille ; il devait même
être arrêté le 13 octobre sur la demande du comité
de surveillance d'Arc-sur-Tille. Est-ce encore à
cause de cette question de bétail vendu ? C'est
probable, mais les motifs de sa suspension et de
son incarcération ne sont pas donnés.

Bernard et Thevenard devaient être aussi arrêtés
le 7 novembre et incarcérés au château de Dijon. Ils
furent mêlés au fameux épisode qu'on a appelé la
Conspiration des prisons.

Cette conspiration a été inventée par Pioche-Fer-
Bernard, commissaire de la Convention. Il voulait
épurer les prisons. Il accusa les prisonniers de se

-qualifier de barons, comtes, marquis ; de calomnier la Convention Nationale, les autorités constituées et de faire des vœux pour le rétablissement de la tyrannie. Il nomma un juge instructeur Guyot qui interrogea d'abord les concierges des prisons ; ceux-ci lui apprennent en effet que les prisonniers employaient en se parlant leurs anciens noms et leurs anciens titres. Le 9 ventôse, il interrogea Bernard et Thevenard qui avaient été libérés le 2 frimaire, mais qui, patriotes et ayant vécu au milieu des prisonniers, pouvaient donner d'utiles renseignements. Ils firent une déposition identique.

Le chirurgien Bernard dépose : « Qu'il a été mis en état d'arrestation le 17 brumaire, que le lendemain 18 au matin, le nommé Saint-Blin (1) s'étant placé entre lui et le citoyen Thevenard, près d'un poële, commença à faire son éloge du bien qu'il faisait dans sa terre, en disant qu'il avait acheté une grande quantité de grain à tel prix, et qu'il l'avait donnée à un prix inférieur, que cependant ses habitans ne lui avaient aucune obligation, que même son procureur d'office qu'il avait nommé et qui lui devait beaucoup ainsi que son garde, n'avaient aucun égard au bien qu'il leur avait fait.

« Que le lendemain 19 étant revenu dans la chambre appelée galetas, il recommença à parler des mêmes biens qu'il avait fait dans sa paroisse, en disant : « Oui, il faut un chef, sans cela, la nation est foutue, et je vais le prouver ; qu'il y ait quatre fils dans une même ferme, s'il n'y a pas un chef, la

---

(1) M. de Saint-Blin, de Villeberny, avait été incarcéré le 14 octobre 713 sur mandat du Comité de sûreté publique.

ferme est foutue, et si, dans la Nation, il n'y a pas un chef, elle est aussi foutue. La Convention ne fera jamais rien sans cela. »

Bernard rapporte ensuite que le nommé Tétard, ci-devant procureur au parlement se livrait à des propos contrerévolutionnaires, tels que celui-ci : « Vous avez beau aimer la Révolution, vous êtes toujours mis dedans, et vous serez foutus, et vous ne sortirez que quand nous (1). » Les nommés Leboeuf et Joudrier auraient tenu des propos analogues et Joudrier aurait dit : « Qu'il n'y avait que les coquins qui étaient patriotes, que pour lui, il se faisait honneur d'être aristocrate (2). »

Nous n'insistons pas davantage sur cet épisode. Disons seulement que ceux sur qui Bernard et Thevenard avaient été interrogés furent envoyés au tribunal révolutionnaire de Paris et montèrent à l'échafaud, avec beaucoup d'autres prisonniers de Dijon. Il faut en excepter Leboeuf qui mourut dans le voyage. Quant à Bernard et à Thevenard, la société républicaine d'Arc-sur-Tille avait pris leur défense : ils avaient été élargis le 2 frimaire, an 2, comme faussement accusés et le directoire décida qu'une enquête serait faite à Arc-sur-Tille pour établir les destitutions à prononcer (3).

L'arrestation de Joannet et de Terguet avait eu lieu les 5 et 6 octobre. Le bruit courut à Dijon qu'il y avait de nouveaux troubles à Arc-sur-Tille, que

(1) Expression bourguignonne qui signifie : en même temps que nous.
(2) Ce Joudrier était un perruquier de Dijon incarcéré le 7 novembre 1793.
(3) Voir pour l'épisode de la Conspiration des prisons : P. Perrenet, Les prisons de Dijon pendant la terreur, dans les Mémoires de la Société bourguignonne de Géographie et d'histoire, tome XXIII, année 1907.

plusieurs citoyens s'étaient portés à des violences contre la femme de Calignon. Le 8 octobre, le district nomme un commissaire pour aller enquêter, mais le soir des citoyens d'Arc-sur-Tille vinrent à Dijon et dirent qu'il n'y avait aucun trouble. Le district rapporta son arrêté et se contenta d'envoyer la gendarmerie pour savoir ce qui s'était passé.

Le maréchal des logis vint à Arc le 9 octobre. Il trouva le village dans le plus grand calme. S'étant rendu chez Calignon, il trouva Madame Calignon et sa fille. Celle-ci interrogée dit que la veille, François Bourgeot et Martin Mongin, dit Pilory, étaient venus demander son père et étaient entrés dans la chambre de sa mère alitée. Celle-ci interrogée à son tour dit qu'ils étaient entrés, « avoient *perquisé* son mari dans sa chambre et qu'ils ont fait des menaces en levant les bras. » En somme, il n'y avait eu aucune violence.

Le 22 octobre, le conseil général d'Arc-sur-Tille proteste contre l'arrestation de Joannet et de Terguet ; pour rendre hommage à la vérité, il certifie que les dits citoyens Joannet et Terguet n'ont cessé depuis le commencement de la révolution de donner les preuves du plus pur civisme et d'encourager leurs concitoyens par leurs paroles et leurs exemples et ont exercé leurs fonction jusqu'à ce jour à la satisfaction de tout le public, et se sont comportés en toute circonstance comme de vrais républicains, qu'ils ne se sont jamais écartés des lois et les ont toujours exécutées et fait exécuter, et se sont l'un et l'autre conduits jusqu'à ce jour avec la plus grande régularité dans les mœurs.

« Nous déclarons que nous soupirons après leur retour, parce que nous croyons leur présence indispensable, et qu'ils ne méritent aucunement la peine qui doit être infligée aux gens contraire à l'ordre des choses et nous prions les citoyens administrateurs de la Côte-d'Or de considérer les dits citoyens, Joannet et Terguet comme de bons citoyens qui méritent les égards de la société... et de renvoyer lesdits citoyens exercer leurs fonctions de juge de paix et de ministre du culte catholique dans cette commune. » Cette délibération était signée de tout le conseil général, le maire et le procureur en tête.

Cette première protestation n'ayant pas reçu de réponse, le conseil général en fit une seconde le 8me jour de la première décade du second mois de la deuxième année de la république ; les membres du comité de surveillance s'étaient joints au Conseil général. C'était une pétition adressée à la Société républicaine de Dijon.

« Le premier et le plus essentiel de nos devoirs, y était-il dit, est de veiller au salut de l'état et de déjouer les complots de nos ennemis, nous nous efforçons de le remplir avec le zèle que l'on est en droit d'attendre de nous. Mais nous voyons avec peine que des patriotes, des citoyens qui ont toujours servi fidèlement les intérêts de la nation gémissent dans l'oppression et par des actes de pure malveillance.

« Un de nos concitoyens est en état d'arrestation, le citoyen Joannet est victime de la haine de quelque individus qui se sont couverts d'un faux zèle pour la chose publique afin de pouvoir le perdre. Ce serait trahir le serment que nous avons fait d'être justes ; ce serait nous préparer des remords amers et mériter les reproches de nos commettants, si nous n'élevions la voix pour dire la vérité et si nous ne faisions des efforts légitimes pour éclairer le peuple sur une affaire qui est la cause de tous les patriotes. »

On rappelle les services de Joannet, les exemples de patriotisme qu'il a toujours donnés

La malveillance l'a privé de sa liberté et expose sa famille à la misère, parce que le travail de son chef est nécessaire à son existence.

« Quelques personnes jalouses des emplois qu'on lui avait confiés ont cru qu'en l'éloignant elles y parviendraient et c'est la source des divisions qui nous agitent ; on avait juré la paix au mois de juin dernier et le lendemain même elle a été rompue par ces mêmes personnes, et quelques efforts que nous ayons fait pour la faire rétablir, nous n'avons pu y réussir. »

On se plaint ensuite de la Société qui n'a pas la confiance des habitants, qui n'a pas voulu d'un local de séances à la maison commune, qui se transporte d'un cabaret à un autre. C'est elle qui a fait contre le citoyen Joannet des dénonciations calomnieuses.

Les habitants d'Arc-sur-Tille demandent à la Société populaire de Dijon de prendre en main la cause de la justice et d'obtenir la libération de Joan · net.

Il semble que cette pétition fut écoutée à Dijon. Le citoyen Charles de Dijon vint à Arc-sur-Tille le primidi de la 2ᵉ décade ; il assista à une séance de la Société républicaine. Il rendit Compte à Dijon, dans la séance du tridi, de ce qu'il avait vu. Des délégués de la Société d'Arc assistaient à la séance de Dijon. A leur retour, ils déclarèrent que le citoyen Charles les avait calomniés, en disant que la société d'Arc était composé de fermiers, d'accapareurs, de marchands de biens ; qu'elle tenait des séances secrètes ; que lorsqu'il s'était rendu à la séance du primidi, il n'y avait que 15 personnes ; que Calignon était secrétaire et fondateur de la société ; que Joannet avait été injustement accusé. D'autres orateurs avaient parlé dans le même sens. Les délégués d'Arc-sur-Tille avaient voulu protester, mais on refusa de les entendre. On lut une lettre de Joannet où il renouvelait toutes ses dénonciations du mois de mai, et la Société prit une délibération pour demander la libération de Joannet et la dissolution de la société d'Arc-sur-Tille.

La société d'Arc rappelle tous ces faits dans un mémoire écrit et elle proteste contre les accusations dont elle est l'objet. Les citoyens qui la composent sont de véritables sans-culottes, puisque le plus riche d'entre eux n'a pas 1000 livres de revenu. La société a été constituée le 31 juillet 1791 par des patriotes déjà connus par leur énergie ; ce sont eux qui ont provoqué la première assemblée du peuple qui se tint à Genlis et ils y ont assisté (1) ; ils sont affiliés à celle de Dijon depuis le mois d'août

---

(1) Ce fait ne paraît pas exact : les députés d'Arc-sur-Tille n'ont pu assister à l'assemblée de Genlis, parce que l'inondation de la Tille ne permettait pas de s'y rendre au moment où elle eut lieu. Dans le procès-verbal imprimé qui se trouve aux archives nationales Bª 37, liasse 6, les 35 communautés représentées sont énumérées ; Arc n'y figure pas et le procès-verbal ajoute : « Les députés de quinze autres communautés n'ayant pu venir à l'assemblée à cause des grandes eaux. »

7

1792 ; Calignon n'est pas un des membres fondateurs ; il n'y a été admis que le 14 avril 1793 et il
n'est secrétaire que depuis le primidi de la première décade.

Le jour où le citoyen Charles est venu à la Société, il y avait 35 membres présents.

Ils s'assemblent dans une salle dépendant d'une
auberge et ont changé trois fois de local, mais toujours en en faisant la déclaration à la mairie.

Ensuite reviennent toutes les accusations contre
Joannet, agent d'émigrés, greffier de leur justice,
beau-frère d'une émigrée, ses intrigues à Arc-sur-
Tille, etc.

Ici les documents font défaut. Pourquoi ne par-
le-t-on plus de Terguet ? Il semble qu'il avait été
remis en liberté peu après son incarcération. Mais
il aurait été arrêté de nouveau presque aussitôt.

Sa sœur en effet Mme Gouget, née Adélaïde Terguet, avait pris sa défense, au moment de cette nouvelle arrestation, dans un long mémoire imprimé de
23 pages. Il est intitulé : Mémoire justificatif de
Nicolas Terguet, ministre du culte catholique à
Arc-sur-Tille, par Madame A. Terguet-Gouget, sa
sœur.

Ce mémoire est presque une biographie de
M. Terguet sous la Révolution. Adélaïde rappelle
toutes les luttes, tous les incidents d'Arc-sur-Tille,
essaie de montrer les causes des haines soulevées
contre le curé. Il a été arrêté pour la troisième
fois, mais on lui rendra justice. Ses ennemis ne sont
qu'une infime partie de la population et les dernières élections en ont été la preuve. La société
populaire et Calignon voulaient faire élire maire

Thevenard, l'un des leurs ; il n'a eu que 31 voix et c'est Martin Maître qui fut élu.

La Société populaire répondit à ce mémoire par un pamphlet violent. Il commençait par une épigraphe formée de vers assez malpropres de Voltaire. On reprochait à Terguet son esprit processif, ses querelles, ses violences, ses mauvaises mœurs. Nous ne voulons pas nous faire ici le défenseur de l'abbé Terguet. Il a été un homme faible, trop attaché peut-être à ses intérêts, trop ambitieux aussi. Nous ne croyons même pas que ses mœurs ont été absolument pures, mais il n'a pas été l'homme dévergondé que nous représente la Société populaire, car il n'eût pas gardé la popularité qu'il a toujours eue à Arc-sur-Tille. Elle essaie aussi de le ridiculiser en rapportant les propos qu'elle prête à la citoyenne Bordot (1), sage-femme. Cette femme raconte que son cher M. le curé va revenir triomphant avec la moitié d'une crosse et une petite mitre : « Voyez, lisez son mémoire ! Comme il est beau ! Il y prend toujours le titre de ministre du culte catholique à Arc-sur-Tille ; il est toujours notre cher M. le Curé. Il est temps qu'il revienne pour faire rentrer dans notre église les saints et saintes de bois vermoulu et de pierre écornés que ces indignes officiers municipaux à la tête desquels était mon fils que je deshérite, en ont chassés à l'instigation de ces enragés, de ces damnés de clubistes. Les maudits clubistes que Dieu, que la sainte Vierge, que saint Martin, que saint Nicolas les confondent ! Que les diables les emportent ! »

(1) Claudine Marillier, veuve Bordot.

Le pamphlet n'épargne pas davantage Madame Gouget. On lui demande quel est son vrai nom de femme ou de veuve, car elle ne s'appelle pas Gouget On incrimine aussi ses mœurs et celles de ses sœurs.

Mme Gouget répondit brièvement à ce pamphlet. Sa réponse commençait ainsi :

« Tu me demandes, Calignon, mon vrai nom de femme. J'ai un fils au service, âgé de 17 ans ; il s'appelle Hippolyte Gouget ». Elle parle surtout de l'ingratitude de la famille Jacquemard qui doit tant au curé et dont le fils a été trop heureux de trouver à Paris la sœur aînée du curé qui lui est venue en aide.

Quoi qu'il en soit, Terguet fut ramené à Arc-sur-Tille pour y être jugé par le juge de paix. C'était par un ordre du commissaire Pioche-Fer Bernard. Il fut jugé et acquitté le 9 germinal. Mais dès le 16, le comité de surveillance d'Arc-sur-Tille demandait de nouveau son arrestation. Sa présence était dangereuse. Ordre fut donné de l'arrêter. Il fut emprisonné à Arc-sur-Tille et le même jour, transféré à Dijon. Voici son registre d'écrou :

« Le citoyen Nicolas Terguet est rentré à la maison du si-devant séminaire le disept germinalle venant de la maison d'arest d'Arque-sur-Tille. Il m'a été remit part les mains du citoyen Jean-Baptiste Lopinot et Jean Bastide (sic) Ginié (Guignier) tout de la garde nasionalle et se sont soussigné à l'eseption du citoyen Guinié déclarent ne savoir signé. Ledit même jour à Dijon. *Signé* :

Lucas, Lopinot, Jean Mugnier commissaire (1). »

Il devait y rester jusqu'au 12 ventose an 3 ; à cette date, un arrêté du représentant Mailhe ordonna sa mise en liberté.

Quant à Joannet, il avait été aussi libéré, et cette fois encore, au lieu de se laisser oublier, il fit du zèle. Le 7 nivôse an II, il était à Dôle. Il constata que le 5 nivôse, les dôlois s'étaient mis en émeute pour la conservation du culte catholique ; il se hâta de les dénoncer à la Société républicaine de Dijon.

Quelques jours après, le 19 nivôse 1793, un arrêté des représentants du peuple, membres du Comité de sûreté générale, ordonnait de l'arrêter et de le conduire à la Force à Paris. Il sera saisi et conduit par la gendarmerie de brigade en brigade à la Force. Ses papiers seront examinés en sa présence et saisis ; ceux suspects seront placés sous scellés.

En vertu de cet arrêté, le comité de surveillance d'Arc-sur-Tille nomma deux commissaires : Claude Clerc et J.-B. Lopinot pour se transporter chez Joannet et l'inviter à se rendre à la maison commune. Joannet déféra à cet ordre, fut mis en état d'arrestation et confié à Adrien Mongin, capitaine, et quatre gardes-nationaux qui le conduisirent à Dijon. Il nous dira plus tard, dans un mémoire, que cinq fois il fut arrêté, qu'il est resté huit mois dans les prisons de la Force et aux Anglaises, avant d'être enfin libéré.

---

(1). J.-B. Lopinot et J.-B. Guignier reçurent 10 livres dela co mmune pour le paiement de la mission qui leur avait été confiée (Voir archives de la Côte-d'Or, comptes de l'an 2, L 425²).

Si Terguet et Joannet furent acquittés, ce ne fut pas par la faute des patriotes d'Arc-sur-Tille qui fournirent sur eux les deux fiches que nous reproduisons :

Dossier de Joannet par le Comité de surveillance.

Pierre Joannet: 37 ans. Détenu à la Force à Paris depuis la fin de nivôse. Notaire avant la Révolution et greffier de justice de Magny, Belleneuve, Arçon ; lieutenant du juge seigneurial d'Arcelot, Arceaux et Fouchanges ; supprimé de ses fonctions de notaire par le département. Etait agent de l'émigré Villedieu. Il cultive une ferme à Arc-sur-Tille depuis 1792 ; sa ferme est de 200 journaux. Soupçonné d'avoir entretenu des correspondances avec l'émigré Villedieu, avec l'émigré Verchère et son valet Jobin et avec la femme de chambre de la marquise de Longecourt, sa sœur.

Il a montré d'abord qu'il n'aimait pas le nouveau régime. Il s'est opposé à l'enlèvement des bancs privilégiés à l'église. Il s'est opposé à l'enlèvement d'une cloche. Procureur de la commune par intrigue en 1792, il n'a pas détruit les armoiries et signes de la féodalité à l'église. Il n'a pas voulu poursuivre des particuliers qui devaient l'être par ordre de la municipalité. Il a suborné des faux témoins, ce qui l'a fait suspendre de ses fonctions de notable par le département. Il a essayé de s'opposer au recrutement. En juillet 1792, il montra du mépris lors de la plantation de l'arbre de la liberté, dédaignant de porter l'écharpe, quoique procureur. On rappelle aussi son rôle dans l'affaire de l'argenterie. Après son emprisonnement, il reprend ses fonctions de notable et fait dissoudre la société populaire ; il ne s'est pas dessaisi des titres féodaux qu'il avait entre les mains, etc.

Cette fiche était rédigée d'une façon habile et aurait pu amener l'exécution de Joannet. Heureusement pour lui il fut oublié, dans sa prison, et, quand la détente se produisit après la chute de Robespierre, il fut remis en liberté.

Le dossier de Terguet est moins chargé :

Nicolas Terguet : 54 ans. Détenu depuis le 20 octobre 1793 à Dijon. Il est curé d'Arc-sur-Tille. Son revenu avant la Révolution s'élevait à 2.400 livres comprenant la dîme, le produit de 12 journaux de terre et son casuel. Depuis la Révolution, il a 1.565 livres 15 sols, plus le casuel. Il a été en relation avec les prêtres et les femmes fanatiques. Il a fait le patriote au commencement de la Révolution. Par fraude il est arrivé à se faire nommé maire. A l'élection du juge de paix, il a provoqué des troubles. Depuis il n'a fait que diviser les esprits avec son ami Joannet.

Il y a même un dossier de Mᵐᵉ Gouget : Adelaïde Terguet, se disant femme Gouget, âgée d'environ 50 ans, ayant un fils de 17 ans aux frontières. Nous ignorons si elle est mariée. Elle est détenue à Dijon depuis le 15 pluviose, pour avoir causé des troubles dans le village.

Les mauvais jours étaient arrivés ; les soi-disant patriotes l'emportaient. C'était la Terreur, commencée en mai 93 et allant sans cesse en croissant.

L'établissement du maximum est un des faits intéressants de cette triste époque, car il nous donne pour Arc-sur-Tille une idée du prix de la vie. Les domestiques de la première classe étaient cotés 108 livres, hommes et 40 livres, femmes. Les journaliers, 15 sols la journée en été et 9 sols en hiver, y compris la nourriture. Les journalières 9 sols toute l'année, une couturière 10 sols, une blanchisseuse 12 sols. Les moissonneurs en tâche recevaient 12 livres pour un journal de blé et un journal d'avoine. Les journées de moisson d'homme montaient à 30 sols et de femme à 20 sols. 5 livres le labour d'un journal ; charrois de foin, 30 sols. Charrois ordinaires : 20 sols et 15 sols, selon l'éloignement ; charrois de bois, 30 sols. Les charrois pour Pontailler, 9 livres, Dijon, 6 livres, Lux 9 livres ; 45 sols par soiture de pré pour la fauchaison.

Le 12 frimaire, Prost représentant du peuple en mission, avait arrêté que Thevenard et Bernard que des haines particulières ont fait mettre en prison, seront remis en liberté et que Brillat, juge de paix de Dijon, se rendra à Arc-sur-Tille pour épurer le conseil général et le comité de surveillance.

Les pétitions du conseil général en faveur de Joannet et de Terguet, l'arrestation de Thevenard et de Bernard opérée sur la demande du conseil de surveillance, avaient jeté la suspicion sur ces deux conseils.

On destitua les officiers municipaux Martin Pécaut, Jean Devienne, Jean Bourgeot, aîné, Martin Curot fils et Charles Curot, aîné. Jean Curot, père, André Clopin, Simon Meulnotte, Philibert Fournier et Charles Curot les remplacèrent.

Les membres du conseil général, Bénigne Mongin, Martin Bourgeot, Denis Brullebaut, Etienne Mon-

gin, Adrien Galand, Denis Curot, l'aîné, Denis
Utinet et Pierre Joannet avaient pour successeurs
André Greusset, Jean Venot, fils, Jacquemard père,
Claude Clerc, Martin Bourgeot, fils de Noël, Nicolas
Daleth, Hugues Bourrelier, Claude Mongenot,
François Seurot, Claude Lomberger, Etienne Mon-
gin et Joseph Bourgeot.

Jean Verrey, procureur de la commune est remplacé par Jean Guillemin, charron.

Les membres du comité de surveillance Martin
Lhuilier, François Bourgeot, fils de François, Nicolas Mongin, Adrien Mongin, Antoine Montillard,
François Curot, fils de Bernard, Pierre Clopin,
Toussaint Voiret, Adrien Galand, Pierre Bourgeot,
fils de Noël aîné et Bénigne Mongin sont remplacés
par Jacquemard père, J.-B. Lopinot, Claude Clerc,
Jean Venot, père, Laurent Trécourt, Claude Guignot, fils, Charles Givoiset, François Clerget,
Isidore Girardot, Jean Moniot, François Briseville,
et J. B. Guignot.

Toutefois les destitutions prononcées ne devaient
pas être cause d'arrestations.

Jacquemard père était nommé commissaire du
district pour annoncer ces destitutions et veiller à
ce que l'arrêté fût exécuté. Le comité de surveillance le choisit pour président, et Trécourt fut le secrétaire. Jacquemard somma aussitôt Adrien Mongin, ancien secrétaire, de lui restituer tous les
registres et papiers du comité. Mongin répondit
qu'il ne pourrait les remettre que le lendemain,
car il en doit conférer avec ses collègues. Jacquemard lui déclara que s'il ne les avait pas dans la
soirée, il le ferait arrêter et Mongin dut s'exécuter.

Le 5 frimaire, les représentants du peuple en mission ordonnent la destruction des croix qui s'élevaient en dehors des églises. Le conseil général d'Arc-sur-Tille décida l'enlèvement des trois croix qui étaient dans le village, la croix du cimetière, la croix de Mailly sur la place de l'église et la Belle-Croix de l'extrémité de la Roulotte. L'entrepreneur devait les démonter sans en briser les pierres. Hugues Bourrelier se chargea de les démolir moyennant 10 livres. Il semble que, dans ce marché, il y ait l'arrière-pensée de conserver les croix pour les rétablir plus tard ; malheureusement quelques jours après, le nouveau procureur de la commune, sous prétexte que ces pierres encombraient les rues, proposa de les vendre. Nul n'osa s'y opposer ; elles furent mises aux enchères le 28 frimaire. Marchant acheta la Belle-Croix moyennant 22 livres et la croix du cimetière pour 37 livres ; Pierre Saint-Rapt, un maçon marié à Arc-sur-Tille, acheta la croix de Mailly moyennant 80 livres.

Le 15 frimaire, Jacquemard fut nommé officier public, chargé de la tenue des registres de l'état civil.

Le 16 frimaire, Isidore Girardot et J.-B. Guignier du comité de surveillance, arrêtèrent un homme de Lux qui conduisait trois ânes chargés chacun d'un sac. Interrogé sur la contenance de ces sacs, il répondit qu'il venait d'acheter du *turquis* chez Galand d'Arc-sur-Tille avec un bon du maire d'Arc-sur-Tille, mais il n'avait aucun ordre de la municipalité de Lux et, comme il avait sept mesures et demie de maïs, il avait enfreint la loi sur les accaparements. On lui dressa procès-verbal et on en référa au procureur de la commune.

Le 20 frimaire, le conseil général et le comité décident qu'ils iront à l'église inventorier les objets d'or, d'argent et de cuivre et les mettre dans un lieu sûr dont il garderont la clef. Le même jour, la Société populaire est admise à tenir ses séances dans la maison commune.

Le 30 frimaire, J.-B. Lerouge est nommé juge de paix par les représentants du peuple en mission.

Le 1er nivôse, Jean Calignon est remis en liberté.

Le 16 nivôse, la Société républicaine fait constater que ses séances sont publiques, qu'il y vient beaucoup de citoyens et qu'elles se tiennent à la mairie.

Le 10 nivôse, un boucher de Dijon, autorisé par le district, vient acheter du bétail à Arc-sur-Tille ; mais il veut l'enlever sans débattre le prix, c'est-à-dire en le payant au tarif du maximum ; le vendeur réclame et le conseil général invite le conseil de surveillance à faire exécuter la loi qui a mis un maximum sur la vente débitée, mais non sur la vente et l'achat du bétail sur pied.

Le 26 nivôse, sur la proposition du district, Calignon est nommé correspondant de la commission des subsistances et approvisionnements des armées de la République : on l'a désigné « à cause de son goût pour l'amélioration de l'agriculture, l'éducation des animaux ruraux, de sa connaissance des localités et des lumières que l'expérience lui a donné de l'économie rurale. »

On avait demandé aux sociétés républicaines de faire connaître les citoyens qu'elles jugeaient aptes aux fonctions publiques.

Le 15 pluviôse, la société républicaine d'Arc-sur-
Tille présenta Barthélemy Bernard : c'est un citoyen qui a prêché et prêche publiquement l'amour
de la République ; il est bon au moral et au physique ; il a même refusé une pension que lui offrait
une ci-devant pour qu'il dissimulât ses sentiments
républicains. Il peut exercer les fonctions de chirurgien soit dans un hôpital, soit dans un bataillon.
Bernard est un père de famille chargé de cinq enfants et il n'a d'autres ressources que celles que
lui procure son état.

La société ajoute : « La société républicaine
d'Arc-sur-Tille, persuadée que tous les membres
qui la composent marcheront avec fermeté dans la
route révolutionnaire..., qu'ils ne s'en écarteront
point, qu'ils n'abandonneront jamais la Montagne
à laquelle ils ont toujours été unis, qu'en se livrant
à leurs travaux journaliers, ils seront les apôtres
de la Révolution et maintiendront les principes de
la liberté, de l'égalité, de l'unité, de l'indivisibilité
et démocratie de la République ou qu'ils mourront
en les défendant,

» Déclare qu'elle ne connaît dans son sein ni
même dans le canton aucun citoyen qui ait assez de
talent pour remplir des fonctions administratives
supérieures. Les habitants de nos campagnes sont
tout au plus propres à exercer les fonctions qui
exigent la résidence habituelle, comme celles des
municipalités, comités de surveillance et justice de
paix. Elle ne portera donc sur ce tableau que le
citoyen Bernard. »

Nous avons tenu à enregistrer une fois au moins,
en l'honneur de la Société républicaine, un senti--

ment sincère de modestie témoigné par ses membres.

Le 7 nivôse, Adélaïde Terguet fait une pétition en faveur de son frère ; elle l'adresse aux commissaires des sections nommés pour viser les réclamations des détenus. Elle constate que c'est pour la troisième fois en dix mois que son frère est arrêté : « que c'est une injustice atroce de la part de ses ennemis, attendu que c'est un patriote de 1787 et jusqu'à ce moment il n'a cessé de l'être ; il a même été un des premiers à prêter le serment exigé par la loi et prêcher la constitution à tous ses concitoyens, que toute sa famille souffre de cette injuste arrestation, notamment sa mère âgée de 80 ans, trois sœurs, tous à sa charge, plus deux neveux qui sont sur les frontières à la défense de la Patrie par les bons conseils qu'il leur a donné et à qui il a servi jusqu'à ce jour de père ». Elle envoie à l'appui le mémoire que nous avons cité précédemment et demande justice.

Le 23 nivôse, la Société républicaine se plaint que les cantons de Saint-Julien, Genlis et Binges n'aient pas encore enlevé l'argenterie de leurs églises, ce qui fait qu'on accuse les habitants du canton d'Arc-sur-Tille d'avoir, en livrant la leur, agi par zèle et sans ordre ; il en est de même à Remilly. Cette dénonciation est signée Marchant, P.-C. Jacquemard, Jean Bornier, Mamet Bienfait et J. Chabot. En marge, le secrétaire du district a écrit : Rien à faire, attendu que les municipalités dénoncées se sont exécutées.

Le 30 nivôse, la même société accuse Verdun d'être l'agent de M. Lemeuilly (Lemulier) de Bressey, et le comité de surveillance envoie Jacques Marchant, fils, pour l'arrêter. C'est le même jour qu'il décide l'arrestation de Joannet pour le faire conduire à la Force.

C'est vers cette date, 4 et 18 ventôse, qu'eut lieu la grande vente des biens nationaux confisqués à M. de Saulx-Tavanes. On peut dire que c'est l'événement le plus important de l'histoire économique du village.

Les terres labourables, d'après le Manuel sommaire des revenus du marquisat d'Arc-sur-Tille (Archives de la Côte-d'Or, L 1759), comptaient 829 journaux 3 quartiers 6 perches ; les prés formaient 797 soitures 66 perches ; enfin les bois, 647 arpents. On sait que les bois ne furent pas vendus, mais on vendit les terres et les prés, c'est-à-dire plus de 1600 journaux.

Il y eut 395 lots. On vendit par lots de 1, 2, 3, 4 journaux. Quelques lots furent plus importants, par exemple la pièce des Noues des Nayes, 46 journaux, la rente de L'Essart 29 journaux et demi et 2 perches, le Buisson Gremois et les Satons 16 journaux un tiers et 2 perches ; la pièce du Boulois, 15 journaux un sixième ; plusieurs lots de 10 à 12 journaux ; le plus petit lot ne présentait qu'un tiers de journal.

La vente atteignit 700.000 francs, mais comme au moment de cette vente, les assignats ne valaient que 40 % de leur valeur nominale, la vente n'atteignait réellement que 280.000 francs. D'autre part, le paiement était échelonné sur plusieurs années et l'assignat allait tomber dans ce laps de temps à 20, à 10 % et moins. Aussi faut-il prendre une moyenne et estimer que ces biens très bien vendus

furent très mal payés ; l'Etat reçut moins de
140.000 francs.

Si l'Etat fit une mauvaise affaire, les particuliers
en firent une excellente.

Il y eut 80 acquéreurs. Le plus important fut
Calignon qui acheta à peu près le dixième de tout
le domaine ; il y eut quelques acquéreurs importants de Dijon comme Jean Courant, peintre,
Antoine Rude, le père du sculpteur, dont la femme
d'ailleurs était d'Arc-sur-Tille, Ronot cordonnier
de Dijon, Nicolas Vauthier, marchand grainetier,
etc. Mais un grand nombre d'acquéreurs furent des
habitants d'Arc-sur-Tille : des marchands, des
laboureurs, des artisans, des manouvriers. Avant
1791, 87 habitants possédaient des biens-fonds ; 14
de ceux-ci les agrandirent par des acquisitions nouvelles ; mais 66 devinrent propriétaires pour la
première fois (1).

Depuis, presque tous ces domaines ont été
revendus et ont été achetés par les habitants ; il ne
reste plus guère que le domaine acheté par Calignon
qui soit resté intact. Aussi ne faut-il pas s'étonner
que la terre ait perdu de la valeur à Arc-sur-Tille.
En 1791, le journal valait en moyenne 330 francs ;
de 1818 à 1825, il n'a plus valu que 208 francs. A
partir de 1840, presque tous les domaines importants ont été morcelés, et sous l'Empire, la terre
est arrivée à son maximum de valeur. Elle a baissé
après la guerre et depuis elle a subi des fluctua-
tions diverses, mais il semble qu'en ce moment les
bonnes terres ont augmenté de valeur, tandis que

(1). Tous ces chiffres sont donnés par Vialay, ouvrage déjà cité.

les terres médiocres sont tombées au-dessous de leur valeur réelle. Les causes de cette situation sont dues à un autre facteur : la diminution de la population et l'augmentation du prix de la main d'œuvre. Mais nous ne pouvons insister davantage sur ces phénomènes économiques qui sortent de notre sujet et qui cependant mériteraient une étude spéciale (1).

Le 11 pluviose, Jacquemard donne sa démission du comité de surveillance comme parent de Clerc et en vertu de la loi qui défend le cumul. Charles Givoiset fait de même pour les mêmes motifs. Ils sont remplacés par Barthélemy Bernard et Claude Thevenard.

Le même jour, le district approuve les comptes de la commune, sauf les dépenses faites pour l'acquisition et les réparations de la maison commune ; ces dépenses ont été engagées sans autorisation ; la municipalité devra se faire autoriser. Le conseil général répondit en montrant la nécessité où l'on s'était trouvé d'agir au plus vite, soit à cause de l'école, soit à cause des réunions communales ou cantonale. L'approbation fut sans aucun doute accordée, mais nous ne l'avons pas trouvée.

Le 14 pluviôse, un membre du comité de surveillance dit que Marguerite Adélaïde Terguet-Gouget

(1). Nous avons pu suivre une des pièces du domaine de Saulx, achetée le 25 ventose, an II, par Nicolas Vauthier de Dijon pour son ami élu ou à élire. Il achetait pour Denis Utinet la pièce des Nayrs, moyennant 7.100 livres. Denis Utinet, en 1826, revendit cette pièce à l'amiral Roussin moyennant 18.000 francs. Elle fut rachetée à peu près le même prix le 15 décembre 1872 par M. Nicolardot. Mais depuis elle a subi une grande dépréciation et ne vaut plus guère que 8 à 9.000 francs. Elle fait partie des terres de médiocre qualité.

troublait le village par ses écrits, ses discours et semait la division dans la commune qu'elle excitait au fanatisme. Il était temps d'y mettre ordre. Le comité à l'unanimité décida qu'elle serait incarcérée et elle le fut en effet.

Le 18 pluviôse, les femmes reçurent l'ordre de porter la cocarde nationale.

Le 20, une visite fut faite chez tous les cabaretiers, chez tous les aubergistes ; on vérifia leurs mesures et leurs bouteilles, et l'on saisit toutes celles qui étaient trop petites.

Le 25 pluviose, Doret avait demandé un certificat de civisme ; il n'obtint, au comité de surveillance que 4 voix sur 8 et, au-dessous du certificat, on lit : « Je ne connais ni civisme, ni talent ; signé : Clerc, Bernard, Thevenard. »

Le conseil général lui avait au contraire délivré un certificat très élogieux, où l'on rappelait qu'il avait fait apprendre à ses élèves la déclaration des droits de l'homme et la constitution de 1791, et qu'après le 10 août, il avait toujours enseigné à ses élèves les mœurs républicaines.

Le 30 pluviôse, le conseil général considérant que tout culte public est plutôt une injure qu'un hommage rendu à la Divinité qui n'a besoin ni de génuflexions ni d'offrandes ;

Que tout culte public est l'aliment de la superstition et du fanatisme :

Que le culte catholique est diamétralement opposé à l'esprit de républicanisme qui doit animer tout français ;

Arrête à l'unanimité :

1" Qu'il renonce à tout culte public.

2° Que dès cet instant il se transportera à l'édifice qui servait au culte pour le transformer en temple de la Raison et que l'inauguration en sera faite sur le champ.

3ᵉ Que la société populaire sera invitée à tenir ses séances dans cet édifice à commencer aujourd'hui, au lieu de la salle de la Maison commune qui lui avait été concédée.

4ᵉ Qu'extrait de la libération sera envoyé au représentant du peuple Bernard actuellement à Dijon avec celui du procès-verbal de l'inauguration.

5° Que le réprésentant sera prié de faire jouir sur le champ et provisoirement la municipalité de l'emplacement de la paroisse et du presbytère de cette commune, en exécution du décret du 25 brumaire dernier, qui porte que les presbytères et paroisses situés dans les communes qui auront renoncé au Culte public, ou leur produit, seront destinés au soulagement de l'humanité souffrante et à l'instruction publique ; en conséquence la municipalité demeure autorisée à concéder à la société populaire l'édifice de la ci-devant église pour le lieu de ses réunions et pour les prédications de la morale, et qu'elle demeure pareillement autorisée à disposer de l'emplacement du presbytère soit pour le soulagement des pauvres de la commune, soit pour l'instruction publique.

Et de suite tous les membres du Conseil général se sont rendus dans l'édifice de la cy-devant Eglise d'où les autels et autres objets du culte avaient été enlevés. On a publié à haute voix la délibération qui précède ; on a fait l'inauguration de cet édifice. On l'a nommé Temple de la Raison et on a lu les derniers bulletins de la Convention, la lettre dudit Bernard et un nombre considérable d'habitans de l'un et l'autre sexe présents à la cérémonie y ont applaudi par les cris mille fois répétés de Vive la république !

Les signataires de cette délibération sont : M. Maître, S. Meulnotte, Ch. Curot, Ph. Fournier, Hugues Bourrelier, Nicolas Daleth, B. Mongin, Jacquemard (1).

L'inauguration du Temple de la Raison n'est racontée dans aucun des registres que nous consultons. Nous eussions avec plaisir décrit cette cérémonie grotesque due au zèle farouche et à la pression de Pioche-Fer-Bernard qui en revenant à Dijon écrivait le 3 février 1794 : « J'y vois avec plaisir le patriotisme et la raison ressusciter, car la première demande que m'ont faite les corps administratifs qui sont de ma création a été d'ordonner la fermeture des églises et de chasser les prêtres. » Il écrivait encore le 24 février (7 ventôse, an I) : « Ici plus d'églises, plus d'évêque, plus de prêtres : le Temple seul de la Raison et les discours patriotiques suffisent aux Dijonnais. » Nous verrons

(1) On pourrait croire que c'est à ce moment que les statues de la vieille église ont disparu. Ce serait une erreur : elles avaient été presque tous sauvées et elles furent rendues lorsque le concordat rouvrit les églises. Mais en 1828, quand on dut démolir l'église pour la reconstruire, le curé, M. Bugnot, déposa les statues chez les habitants et il négligea de les réclamer, les trouvant sans doute indignes de l'église neuve. Ce fut regrettable ; nos saints n'étaient pas des chefs-d'œuvre, mais c'étaient les vieilles images près desquelles nos ancêtres avaient prié et il serait consolant de les revoir dans notre église. Malheureusement ils ont presque tous disparu : quelques-uns ont péri dans les incendies ; d'autres ont été vendus à des antiquaires, d'autres ont été emportés du village, etc.

que Pioche-Fer-Bernard se flattait et qu'il prenait ses désirs pour des réalités.

A Arc-sur-Tille, la fête de l'inauguration fut complète, si l'on en croit la tradition. Arc eut sa déesse Raison ; il en eut même trois, car la déesse avait deux acolytes ; les noms mêmes sont conservés dans les mémoires, mais comme nous ne voulons citer que ce dont nous avons un témoignage écrit, nous ne donnerons pas les noms de ces femmes qui se prêtèrent à cette cérémonie carnavalesque et sacrilège en même temps. Cependant nous ne les condamnons pas, pas plus que nous ne condamnons les conseillers qui fermèrent notre église ; il faut faire la part des passions du moment, de l'entraînement, de l'exemple et surtout de la peur.

C'est sans doute vers cette époque qu'une bande de gens partie d'Arc alla renverser la croix de Binges qui n'avait pas été démolie. Du moins c'est ce que la tradition raconte à Binges. Ils ne détruisirent que la croix elle-même ; le socle qui est intéressant est resté debout. La municipalité de Binges décida de remplacer la croix par un emblème de la liberté, c'est-à-dire par des faisceaux. Ces faisceaux servirent du moins à sauver le socle sur lequel une croix fut replacée en 1802.

La mère du curé, Charlotte Beaufort, veuve Terguet, ayant appris l'incarcération de son fils et de sa fille était venue de Seurre à Arc-sur-Tille et s'était installée à la cure. Le comité vit un danger dans sa présence et il lança un mandat d'amener pour la faire comparaître. Elle fut amenée le 18 ventôse par un garde national. Aux questions qui lui furent faites, elle donna son nom, son âge, 80 ans, sa résidence, Seurre. Elle était venue voir ses enfants, mais les trouvant en partie arrêtés, elle gardait leur maison. On lui demande si elle a un certificat de sa commune ; elle répond qu'elle n'a pas cru en avoir besoin. On lui demande si elle n'a pas menacé le secrétaire du comité qui lui a refusé une expédition de l'arrestation du curé son fils. Elle répond qu'elle ne l'a pas menacé, mais qu'elle a amené deux citoyens pour leur faire constater le refus qui lui était opposé. Le comité lui déclare qu'il ignore les motifs de l'arrestation de son fils, que pour sa fille Marguerite Adélaïde, le comité a envoyé une expédition de son arrestation au représentant du peuple à Dijon et au comité de sûreté générale ; que depuis, on avait encore de nouveaux renseignements sur les agissements de sa fille. Pour elle, on la sommait de quitter la commune dans trois jours sous peine d'être déclarée suspecte, car on voulait éviter les menées habituelles qui se font dans sa maison et aussi sa critique et son fanatisme. Nous ne savons si elle partit ; c'est possible, c'est même probable ; mais elle revint à Arc-sur-Tille, où elle est morte au domicile de son fils, le 27 prairial an 5 (16 juin 1797) à l'âge de 85 ans.

Le comité n'était pas tendre pour les pessimistes qui disaient trop facilement ce qu'ils pensaient.

Noirot, boucher rue du Bourg, avait dit à Couternon « que les enfants qui sont aux frontières seroient tous massacrés et égorgés et qu'ils ne les reverroient plus. » A Arc-sur-Tille, il avait dit qu'on allait être réduit à trois quarts de pain par jour. De tels discours jettent l'alarme ; le comité de surveillance ordonne de l'arrêter.

Le 22 floréal, le conseil décide que les citoyens qui ne se conformeront pas à l'ère républicaine, n'observeront pas le nouveau calendrier et les décades, n'assisteront pas aux assemblées du décadi au Temple de la Raison seront regardés comme suspects et prévaricateurs aux lois.

On fait publier le même jour un arrêté de la Convention ordonnant à tout membre d'une famille à partir de 14 ans de fournir une livre de vieux linge, chiffon ou rognures de parchemin. Les réquisitions étaient d'ailleurs perpétuelles : blé, avoine, foin, toiles à sac, chanvre, chevaux, bétail de boucherie, ne cessaient d'être réquisitionnés soit pour le marché de Dijon, soit pour le service des armées. Les foins de Calignon provenant d'un émigré appartiennent à la Nation, le directoire du district ordonne de les conduire aux magasins de l'armée à Belfort ; chacun des villages du canton est invité à en venir charger et conduire un contingent.

Le 2 prairial, Calignon déclare qu'il redoit encore à J.-B. Maigrot, ancien garde-général des eaux et forêts la somme de 3.000 livres pour restant du prix de l'office de garde-général qu'il lui avait acheté en novembre 1768 et que son frère Jean Calignon, chirurgien à l'armée du nord doit au même Maigrot une somme de 1260 livres.

Le même jour le conseil apprend que 3 particuliers qui ne sont pas nommés ont dénoncé Calignon à la Société populaire de Dijon le jour de décadi dernier pour avoir livré à la république du foin de mauvaise qualité et nuisible aux bestiaux, et pour avoir choisi en qualité de commissaire dans la levée des chevaux son plus mauvais cheval et enfin d'avoir acheté des biens nationaux pour une somme considérable (1). Le conseil estime que cette dénonciation est dictée par un esprit de calomnie et de méchanceté et, sur la réquisition de l'agent national, il décide qu'il est du devoir des autorités de dévoiler les calomnies dirigées contre les patriotes, que le citoyen Calignon est un patriote prononcé, qui n'a cessé de montrer le plus grand zèle pour la révolution et dont la conduite n'a rien d'équivoque ; considérant que les faits dénoncés sont dénués de tout fondement, déclare que Calignon, fermier de biens nationaux, a dû, d'après la loi, payer son fermage en nature de foin, grains etc. ; que son foin vérifié par des commissaires a été trouvé bon ; que le cheval levé chez lui était le meilleur cheval de trait de ses écuries ; que si ledit Calignon a acheté des biens nationaux dans cette commune notamment des biens de l'émigré Saulx pour une somme d'environ cent mille livres, loin de mériter d'en être blâmé, on doit au contraire regarder cet achat comme un acte de patriotisme.

C'était tout au moins un acte de patriotisme bien entendu que celui qui consistait à acheter 100.000 livres de biens réels en les payant avec 100.000 li-

(1) Cet achat de biens nationaux paraît avoir été mal vu dans le village ; on trouvait sans doute que ces biens avaient été enlevés illégalement et achetés trop bon marché. C'est ainsi qu'on prétendait que tout ce qu'avait acheté Calignon lui avait coûté la valeur d'une mesure de navette, et les gens se montraient les biens nationaux en disant : voilà encore un assignat.

vres d'assignats valant à peine 30.000 livres. Evidemment nous ne l'imputons pas à crime à Calignon qui, comme tous les acquéreurs de biens nationaux, sut profiter des circonstances, en courant les moindres risques, mais il ne faudrait pourtant pas voir du dévouement patriotique dans un acte d'intérêt personnel.

Le 20 prairial fut célébrée la fête de l'Être suprême. Après le culte païen de la Raison célébré quelques jours auparavant, on revenait à une idée un peu plus spiritualiste de la divinité.

« Le conseil général de la commune, le comité de surveillance, la garde nationale, plusieurs membres de la Société populaire se réunissent devant la maison commune et se rendent avec un grand nombre de citoyens et de citoyennes de tout âge dans le temple qui a été consacré à l'Être suprême, ainsy que cela a été affiché à toutes les portes du temple. Les maire et officiers municipaux, décorés de leurs écharpes, portent ainsy que les autres citoyens des bouquets d'épis de blé, de fleurs et de branches de chêne ; arrivés au temple, on a fait part du sujet de la fête ; un citoyen a prononcé un discours sur la morale ; il a lu ensuite le rapport de Robespierre et le décret du 18 floréal. Les applaudissements ont été aussi universels et bruiants que le silence avait été profond pendant le discours et la lecture ».

» Ensuite on s'est transporté avec le même cortège et précédé des tambours au pied de l'arbre de la Liberté, où il a été fait publiquement et à haute voix une invocation à l'Être suprême, après laquelle les autorités constituées, la garde nationale, et tous les citoyens et citoyennes ont renouvelé spontanément le serment de maintenir la liberté, l'égalité, l'unité, l'indivisibilité et la démocratie de la République, d'obéir aux décrets de la Convention nationale et de rester chacun à son poste ou de mourir en le défendant ».

Le lendemain, un commissaire réquisitionne 306 quintaux dont trois quarts blé ou farine de blé et le reste en seigle ou orge ou farine de seigle ou d'orge, qui devront être conduits à Belfort.

Le 26 prairial, on arrête sur la route Anne Grime femme Gillot, de Renève. Elle avait une charrette chargée de 100 livres de chandelles, 20 livres de manne, 10 livres d'empois, 2 livres de tabac en poudre, 4 livres de café, 100 livres de cassonnade, etc. De l'enquête, il résulte qu'elle passe souvent, qu'elle a livré de la cassonnade à différentes personnes, qu'elle a été poursuivie déjà et que ses marchandises ont été confisquées pour accaparement. Elle ne possède d'ailleurs aucun papier qui justifie ses acquisitions : elle est livrée au tribunal correctionnel.

Depuis longtemps, on poursuivait à Arc-sur-Tille le partage des biens communaux autorisé par les lois. Dans diverses assemblées, on avait décidé que tous les biens seraient partagés, puis on excepta les bois ; chaque habitant du village devait avoir sa part. Des géomètres furent chargés de ce partage ; ils firent 1.752 portions ; chaque habitant devait avoir deux portions ; 876 habitants étaient compris dans la liste. Le tirage, au sort, des lots eut lieu le 5 messidor.

C'était avec enthousiasme que les habitants avaient vu s'opérer ce partage ; tous devenaient ainsi propriétaires. Ils n'avaient pas réfléchi qu'ils

tarissaient les ressources de l'avenir et que lorsque
la commune n'aurait plus de revenus, ce serait à
chaque habitant à contribuer de ses deniers aux
dépenses qu'entraîne toujours une commune.

Cette joie ne devait pas être longue.

D'abord beaucoup de parcelles, mal travaillées,
mal préparées à une récolte de céréales ne don-
nèrent aucun rendement; les terres de pâturage
ayant disparu, il fallait se débarrasser des vaches,
ce qui était la ruine de bien des manouvriers ; quelques oublis avaient été faits au moment du partage
et les citoyens oubliés réclamaient. Le 12 messidor
an III, le conseil général ayant égard à ces oublis
ou à ces mécomptes, décida que le partage serait
recommencé et qu'on laisserait hors partage toutes
les terres qui ne sont propres qu'au pâturage. Après
s'être fait autoriser par le district et le département,
le conseil général convoqua tous les habitants
d'Arc-sur-Tille à une assemblée qui fut tenue le 10
fructidor. Là on décida que le partage de 1793 avait
été fait inconsidérément, qu'il détruisait la principale ressource du pays consistant dans le bétail et
qu'on ne pouvait avoir de bétail sans pâturage; que
toutes les parcelles de terrain attribuées n'étaient
pas propres à la culture ; que déjà on avait dû vendre beaucoup de bétail, que bien des particuliers
n'avaient rien pu récolter sur leurs portions inondées, gelées en hiver, brûlées en été. Le partage
sera recommencé ; toutes les terres impropres à la
culture resteront en pâturage et l'on désigna d'une
manière générale les terres qui resteront imparta-
gées. 500 journaux seulement seraient partagés.
Chaque individu devrait avoir deux lots, mais on

s'arrangerait de façon à grouper les lots d'une même famille. On décida que le treige qui va de la rue des Fosses à la rue Roulotte, et celui qui va de la route au faubourg de la Belle-Croix (la Guillotière) seront rétablis, etc.

Nous avons vu que la Société républicaine avait autrefois accusé Joannet d'être cause que les biens communaux n'avaient pas encore été partagés, malgré le vœu de la commune. C'est que Joannet voyait les inconvénients de ce partage. Il les expose assez nettement dans une pétition qu'il fit le 14 ventôse an IV, pour demander que le partage fût recommencé.

« La commune d'Arc-sur-Tille très populeuse, dit-il, dont le territoire est d'une vaste étendue, possède une assez grande quantité de pâturages ; ces pâturages faisaient la richesse de l'agriculture, puisque le cultivateur en nourrissant beaucoup de bétail et surtout des bœufs, se procurait des engrais, et la fertilité du territoire faisait l'admiration de ses voisins. Ces pâturages étaient aussi la source de l'aisance et de la petite fortune des manouvriers; chacun d'eux en nourrissant beaucoup de vaches se procurait pour la ville de Dijon située à trois lieues une vente journalière de laitage qui apportait un bénéfice immense à nos habitants et fournissait à cette ville une abondance qui lui manque absolument aujourd'hui. »

Il montre ensuite que le partage a été mal fait, qu'il y a eu des oubliés, que les enfants nés depuis 1791 n'ont pas été comptés ; il demande donc qu'on fasse un nouveau partage et seulement des terres cultivables.

C'étaient aussi les idées qui dominaient dans le village. Bref, les terres communales furent remises en commun et plus tard au lieu d'un partage de ces terres, avec abandon des droits de la commune aux nouveaux propriétaires, on décida sagement que ces biens seraient affermés aux habitants qui paieraient un fermage modique. La loi d'ailleurs qui permettait et ordonnait presque le partage des biens communaux fut suspendue dans son application le 21 prairial an III et définitivement abrogée le 9 ventôse, an XII.

La conservation des biens communaux à Arc-sur-Tille a été très sage : elle a depuis assuré à la commune des ressources modiques sans doute, mais qu'on retrouve chaque année, et les familles pauvres sont toujours assurées d'avoir à leur disposition et à peu de fais un petit terrain qui aide à leur existence.

Le 22 fructidor, on invite tous les propriétaires de chevaux à faire déclaration de leurs chevaux devant la municipalité.

Pendant qu'on était assemblé à la mairie, une querelle éclata entre André Greusset, notable et Calignon. Greusset invective Calignon, le traite de Robespierre et lui dit qu'il a toujours trompé la république. Robespierre venait en effet d'être renversé ; il personnifiait la terreur et c'étaient les terroristes qui l'avaient renversé avec l'aide des modérés ; aussi la Convention allait être malgré elle entraînée vers la modération et les Jacobins essaieront vainement d'empêcher la réaction.

Les réquisitions continuaient : le 4me jour sans-culottide, on réquisitionna la navette et l'avoine ;

le 19 floréal, on avait ordonné la réquisition d'un cheval par 25 chevaux ; Bressey qui a 30 chevaux en fournira 1 ; Remilly en fournira 3 pour 80 ; Couternon 3 sur 65 ; Arceau, 5 sur 115 ; Arc-sur-Tille qui doit en fournir 8 sur 221 en offre 9. Le canton doit fournir encore 2 voitures prêtes à atteler, 2 sacs à avoine et 2 troussures ou cordes à fourrage. Les voitures furent confectionnées par Jean Bourgeot, l'aîné, charron et Nicolas Brullebaut, maréchal. Elle furent évaluées à 1152 livres ; les harnais et troussures estimés 922 livres 9 sols furent fournis par Heudelot, bourrelier. Les frais divers s'élevaient a 462 livres 3 sols. Ce fut une réquisition longue à préparer. Dix commissaires vinrent faire la révision des chevaux et choisirent ceux qui devaient être livrés ; il fallut aussi recevoir les voitures et les harnais. Quand tout fut terminé, on prit à Arc-sur-Tille, 2 conducteurs pour les voitures et 3 pour les chevaux.

Il n'y eut en réalité que 13 chevaux fournis. La municipalité reçut le 24 vendémiaire an III, 12442 livres pour les chevaux et les voitures ; elle fut chargée de les distribuer aux particulier intéressés, d'après l'estimation de ce qu'ils avaient fourni. La commune réclama encore 82 livres 9 sols de frais non comptés et 463 livres 3 sols de frais tant à Dijon qu'à Arc. Arc-sur-Tille avait fourni 6 chevaux.

Joannet, détenu en dernier lieu aux Anglaises, avait été mis en liberté le 4 brumaire an III par le comité de sûreté générale. Il se présenta le 11 brumaire devant le conseil général d'Arc-sur-Tille et déposa le procès-verbal de sa mise en liberté. Il était conçu en ces termes :

« Comité de sûreté générale et de surveillance de la Convention nationale.

« Du 8 vendémiaire an 3me de la République française une et indivisible.

« Vu les pièces et le certificat produit par le citoyen Joannet, cultivateur d'Arc-sur-Tille, district de Dijon, détenu aux Angloises, rue de Charenton à Paris, le Comité arrête qu'il sera de suite mis en liberté et les scellés levés.

« Les membres du comité de sûreté générale de la Convention nationale,

« A. Dumont. — Bourdon de l'Oise. — Bernard. — Lesage-Senault. — Legendre. — Colombel de la Meurthe.

Nouvelles réquisitions, le II frimaire : 600 quintaux de grains dont trois quarts en blé et un quart en seigle ou orge pour l'armée, plus 60 quintaux de blé pour le marché de Dijon. Le 21 frimaire, réquisition de tout le bois des coupes et de toutes les voitures nécessaires pour le conduire à Dijon ; plus 600 quintaux de foin, 296 quintaux 80 livres d'avoine et toujours sous peine de poursuites et de confiscation. Le maire déclare qu'on ne pourra livrer que 120 quintaux de foin, attendu qu'il n'y en a plus dans le village.

Le 24 nivôse, une nouvelle réquisition était commandée pour l'armée des Alpes. Les commissaires avaient reçu l'ordre de se rendre dans les diverses localités avec la force armée pour réquisitionner sur-le-champ les grains réclamés. Ils ne devaient pas désemparer qu'on ne leur eût livré la totalité de la réquisition. Arc-sur-Tille doit fournir 700 quintaux.

Par un autre arrêté du même jour, il faut encore conduire 100 quintaux de blé à la boulangerie de la rue Jean-Jacques et 34 quintaux à l'Hospice Sainte-Anne.

Le 10 pluviôse an III, on réclame le complément de la réquisition des chevaux et des harnais, soit 7 chevaux et 12 harnais. On pourra fournir les chevaux, mais non les harnais, car il n'y a pas d'ouvriers en état de les établir.

Le 12 pluviôse, nouveau recensement des grains ; on limite ce qui est nécessaire à chaque ménage et on réquisitionne le reste, savoir 189 mesures de froment, 80 mesures d'avoine et 278 mesures de seigle.

Le 14 pluviôse, les 7 chevaux réquisitionnés sont fournis et conduits à Auxerre par François Limonot et François Beuchillot et le 15 pluviose, il faut encore fournir 4 bœufs.

Nous avons tenu à citer toutes ces réquisitions et nous aurions pu insister sur toutes celles qui avaient précédé ; nous ne l'avons pas fait pour éviter une certaine monotonie. On peut voir toutefois par tous ces faits qui se reproduisent sans cesse, par ces visites domiciliaires multipliées, ces recensements de grains et de foin, combien peu la sécurité existait dans nos campagnes, combien la vie du lendemain était peu assurée pour les pauvres habitants, car les commissaires n'étaient soucieux que d'une chose : obtenir la réquisition demandée ; ils se préoccupaient peu de la misère qu'ils laisseraient après eux. Aussi la misère, dans ces années de disette, fut-elle très grande et la tradition rapporte que, dans certaines familles on envoyait les enfants arracher les herbes des champs pour les faire cuire et en alimenter toute la famille.

Un incident significatif eut lieu le 4 ventôse. Il est dénoncé par Jean Guillemin, l'agent national de la commune.

Ce jour-là, un rassemblement se forma dans le Temple de la Raison : on ne venait pas invoquer l'Etre suprême de Robespierre ni célébrer le culte de la Raison.

C'était, dit Guillemin, un rassemblement de fanatiques.

Il comprenait environ 80 femmes ou jeunes filles à la tête desquelles étaient Pierrette et Michelle Bourgeot, fille de Martin, et Marie Clopin, fille d'André ; elles chantèrent l'*Ave Maria*, le *Stabat Mater* et plusieurs hymnes fanatiques et contrerévolutionnaires ; elles récitèrent aussi le chapelet. Plusieurs hommes étaient à la tribune, chapeau bas, et paraissaient applaudir.

Guillemin signalait aussi le citoyen Devienne, fils de la veuve et Germain Devienne, fils de Jean, pour avoir sonné la cloche, afin d'annoncer que le fils de Nicolas Mongin était mort.

Le 19 ventôse, Joannet demande un certificat de civisme, l'agent national Guillemin refuse de donner son avis et se retire ; mais le conseil reconnaissant qu'il n'y a aucun fait d'incivisme à reprocher à Joannet décide que le certificat doit lui être délivré.

Le 9 thermidor et la chute de Robespierre avaient été accueillis dans toute la Côte-d'Or par des manifestations de soulagement ; mais on ne pouvait laisser aux municipalités terroristes établies par

Pioche-Fer-Bernard la direction des affaires communales. On revint au système des élections et le 30 germinal an III, on procéda à Arc-sur-Tille, d'après l'arrêté du représentant du peuple Mailhe, au renouvellement du conseil général de la commune.

Noël Bourgeot, l'aîné, fut nommé président de l'assemblée ; Thibaut, fils, secrétaire. Les scrutateurs furent Pierre Joannet, Joseph Doret et André Clopin.

Martin-Maître fut réélu maire par 59 voix sur 60 votants ; Jean Verrey fut nommé agent national par 66 voix sur 72. Pour les officiers municipaux, il y eut 53 votants. Furent nommés : Adrien Galand, 32 voix ; Noël Bourgeot, l'aîné, 29 voix ; Martin Pécaut, 27 voix. Pontiaut Panarioux, 26 voix ; Adrien Heudelot, 19 voix. L'assemblée décide ensuite à l'unanimité qu'elle veut conserver comme notables les notables actuels André Greusset, Etienne Mongin et Joseph Bourgeot. Il restait donc 9 notables à nommer. Sur 36 votants, Toussaint Voiret réunit 23 suffrages, Joseph Doret 23, Bénigne Mongin 23, Denis Curot l'aîné 20, André Clopin 18, Nicolas Picard 17, Jean Galand l'aîné 16, François Curot, fils de Bernard 15, François Bourgeot, cultivateur 13.

Cette élection était une revanche du parti modéré ; de plus, tous ceux qui avaient joué un rôle un peu ardent étaient éliminés. Malheureusement nous verrons plus loin que le conseil nouveau ne fut jamais installé.

Le 3 messidor, « le citoyen Nicolas Terguet, cidevant ministre du culte catholique en cette commune et y résidant actuellement, après avoir pris lecture de la loi du 11 prairial sur l'exercice du culte catholique à exercer pour l'avenir, sur l'invitation de la municipalité à exercer ledit culte dans la commune, a déclaré qu'il acceptoit ces fonctions et qu'il le feroit en se conformant aux lois de la République et celles qui autorisent le libre exercice des opinons religieuses, déclarant qu'il ne recevra pour ses fonctions exercées désormais dans l'Eglise de cette commune à elle remise par ladite loi aucun salaire que les secours à lui accordés par la Convention. »

Cependant le conseil nouveau n'avait pas été installé. Le 24 messidor le maire s'adressa au district pour lui dire que les affaires étaient en souffrance, attendu que l'ancien conseil ne s'assemblait plus et que le nouveau n'avait aucun pouvoir. Il demandait des instructions. Le district répondit que Mailhe ayant été rappelé à Paris, l'ancien conseil devait continuer ses fonctions.

Le 20 fructidor les électeurs du canton s'assemblent à Arc-sur-Tille au nombre de 93 pour donner leur avis sur la Constitution de l'an III. L'assemblée constitue son bureau : Germain Thibaut est président, François Thibaut, secrétaire; Joannet, Barthélemy, Gagnerot et Joseph Doret sont nommés scrutateurs.

L'acte constitutionnel devait être accepté ou repoussé à haute voix. C'était une manière de forcer le vote. D'ailleurs on était si las des rudes années passées que, même à bulletin secret, les votes eussent été favorables à un changement, quel qu'il fût. Quoi qu'il en soit, les 93 votants acceptèrent à l'unanimité la Constitution nouvelle qu'allait organiser le gouvernement du Directoire. Parmi les votants, nommons Terguet, Joannet, Jacquemard père, Calignon, Louis Moreau, gendre de Calignon, Barthélemy Bernard, Celse Jacquemard d'Arcelot, François Braud, etc.

En réalité le canton comptait 504 citoyens actifs et 93 seulement s'étaient présentés. On procéda ensuite à la nomination de 3 électeurs. Il y eut 111 votants : Pierre Bourgeot, fils de Noël, J.-B. Bornier, cadet, et Pierre Joannet furent élus.

Les résultats de cette élection furent aussitôt discutés : Jacquemard, fils d'Arcelot, Moreau et Calignon adressèrent une pétition au Directoire du département. Ils prétendirent que les citoyens avaient voulu se réunir à l'église, mais que Terguet, appuyé par Joannet, Bourgeot le prince et Lhuillier, s'y était opposé en disant que l'église avait été déjà assez souillée et profanée. Joannet alors se mit à la tête d'une bande en disant: « Allons à la maison commune ! » Ce qui fut exécuté. Comme ce local est très petit, il n'y eut pour l'acceptation de la Constitution que 70 votants au lieu de 507 ; les pétitionnaires n'auraient pu voter. Ils demandaient l'annulation du vote.

Le Directoire renvoya cette pétition à la municipalité d'Arc-sur Tille pour avoir son avis. Une partie de la municipalité déclara qu'elle ignorait les faits mentionnés dans la pétition ; l'autre partie prétendit que les faits étaient véritables.

La précédente assemblée primaire avait été tenue à l'église.

Le Directoire accueillit la pétition et décida que de nouvelles élections auraient lieu sous la surveillance de deux commissaires du district et dans l'église.

Elles eurent lieu en effet ; les registres municipaux n'en donnent pas le résultat, mais le 30 fructidor, Joannet qui avait été nommé président de l'assemblée, rendit compte des élections aux administrateurs du département.

Il leur déclara d'abord qu'ils ont été trompés, que tout avait été régulier dans l'élection précédente. Quelques particuliers ont fait des plaintes mensongères, parce qu'ils pensaient que les citoyens ne reviendraient pas voter et qu'ils pourraient plus facilement se faire élire. Leur espoir a été déçu : l'assemblée a été double en nombre de la première et tout s'y est passé régulièrement. Les membres de la cabale se sont proposés eux-mêmes pour former le bureau et y ont pris place sans attendre le vœu de l'assemblée ; mais un cri général a obligé Jacquemard fils à sortir de l'enceinte du bureau où il s'était assis et y avait pris la plume pour remplir les fonctions de secrétaire. Les individus qui avaient fait annuler les élections s'agitaient, invectivaient, criaient : Chouans de Vendée ! etc., et se concertaient à voix basse, essayant de rendre l'assemblée irrégulière ; mais le peuple eut une attitude imposante et les tint en respect. Jacquemard fils, « cet homme à la merci du pain d'autrui avant la révolution, aujourd'huy demi-millionnaire », a essayé de glisser dans l'urne deux bulletins pliés ensemble, pour le scrutin des électeurs. Il voulait par ce moyen rendre le scrutin nul et le faire recommencer, alors qu'un grand nombre des électeurs se seraient déjà retirés ; mais on l'a vu et on l'a in-

vité à choisir l'un des deux bulletins, ce qu'il a fait.
Il y eut un moment d'indignation. Mais le calme
fut rétabli, grâce aux commissaires. Un autre citoyen, au moment de la formation du bureau, avait
mis un nom suivi de l'épitaphe : chouan ! Le citoyen Larché, commissaire, qui faisait le dépouillement a prudemment écarté cette occasion de tu-
multe.

On voit que le parti avancé employa les plus mauvaises manœuvres pour se faire élire et qu'il n'y
réussit pas. Il semble, d'après la lettre même de
Joannet que les nouvelles élections ne firent que
confirmer les précédentes ou, en tout cas, furent
faites dans le même esprit.

Le 25 fructidor, Nicolas Terguet se présente au
greffe de la municipalité et déclare qu'il se propose
d'exercer, dans l'étendue de la commune, le ministère d'un culte connu sous la dénomination de
culte catholique, apostolique et romain; il demande
qu'on lui donne acte de sa soumission aux lois.

Le 2e jour complémentaire de l'an III, un commissaire et un gendarme vinrent encore réquisitionner 153 quintaux de grains.

Le 2 vendémiaire an IV, le conseil général a appris que Calignon fait construire un mur pour clore
la propriété qu'il possède au-delà du pont du château
et qu'il en a fait préparer les fondations jusqu'au
milieu du gué qui sert d'abreuvoir ; on le somme
d'arrêter les travaux, de fermer les fondations qu'il
a creusées et de laisser toute sa largeur au gué
actuel.

Le 17 vendémiaire, 2 commissaires accompagnés
du commandant de la garde nationale et de deux

gendarmes viennent réquisitionner les grains qui n'ont pas été livrés, avec ordre d'établir des garnisaires chez ceux qui ne voudraient pas les livrer·

Le 28 vendémiaire, le conseil déclare qu'il est impossible de livrer 130 quintaux de blé réclamés par le marché du 13 brumaire.

VI

Le Directoire

Le gouvernement nouveau, créé sous le nom de Directoire exécutif, s'installa le 5 brumaire, an IV (27 octobre 1795).

Il créait ce qu'on a appelé la commune cantonale: les localités qui avaient moins de 5000 habitants, se groupaient entre elles pour former une commune cantonale. La commune cantonale d'Arc-sur-Tille comprit tous les villages de l'ancien canton d'Arc-sur-Tille. Le conseil ou la municipalité de la nouvelle commune était formée d'un président nommé par les citoyens actifs du canton, puis d'un agent national et d'un adjoint nommé dans chaque village. Enfin le Directoire du département nommait auprès de chaque municipalité un commissaire du pouvoir exécutif. La réunion de la municipalité avait lieu à Arc-sur-Tille.

Les élections furent fixées au 17 brumaire.

Peu auparavant, le 14 brumaire, Barthélemy Bernard était nommé chirurgien provisoire au 1er bataillon de la Côte-d'Or. Il répondit qu'il avait déjà refusé un poste de ce genre le 23 fructidor dernier à cause de son âge et de sa nombreuse famille et qu'il persis'ait dans son refus.

Le 17 brumaire, François Daurelle d'Arceau fut nommé juge de paix ; Pierre Joannet fut élu président de l'administration municipale ; les agents et les adjoints de chaque village furent aussi élus, mais nous n'avons retrouvé les noms que de Jean Limonot, agent national d'Arceau et Jean Perron fils, adjoint d'Arceau.

Le 30 frimaire, Jean Bornier d'Arcelot fut nommé par le Directoire du département commissaire du pouvoir exécutif près l'administration municipale du canton.

L'élection de Joannet dut atterrer ses ennemis. Aussi se hâtèrent-ils de le dénoncer au Directoire exécutif comme étant parent d'émigré. Un décret du Directoire exécutif éloignait des charges publiques les parents d'émigré ; cependant les parents d'émigré qui, depuis le commencement de la Révolution, auraient rempli des charges publiques étaient exceptés.

Joannet se hâta d'adresser une pétition au Directoire ; elle est datée du 15 frimaire. Elle est longue et diffuse, renferme des considérations générales, parle de ceux qui, dans le canton d'Arc, pauvres au début de la Révolution, sont devenus richissimes ; Joannet signale leur morgue, leurs vues intéressées, les brigues qu'ils ont vainement employées pour se faire élire à des charges qui flatteraient leur amour-propre et leur cupidité. Il vise à la fois Calignon et Jacquemard fils. Il montre ensuite que sa conduite a été toute différente. Aussi a-t-il conservé la confiance de ses concitoyens qui viennent de le nommer président de l'administration républicaine. Il a cru pouvoir accepter cette charge. Il est bien vrai que sa femme a une sœur émigrée et ses ennemis en profitent pour l'accuser, lui, « comme si une fille de service, sans fortune, dit-il, dont j'ignore absolument l'existence, et qui d'ailleurs est aussi peu importante à l'état qu'à moi, pouvait avoir fixé les attentions des législateurs, et avoir dicté le décret du 4 brumaire dernier. » Il a d'ailleurs occupé des fonctions publiques depuis la Révolution, sauf, dit-il, « les moments où la persécution me retint dans les fers ; cinq fois, j'ai éprouvé le sort cruel des détentions et mon séjour de huit mois à Paris gémissant dans les prisons de la Force et aux Anglaises, n'a fourni à mes concitoyens que des remplacements provisoires. » Il est d'ailleurs tout prêt à se soumettre aux décisions du Directoire quelles qu'elles soient, et « son arrêt, me fût-il défavorable, n'affaiblira pas mon désir de concourir au soutien de la Révolution. »

Le Directoire fit prendre aussitôt des informations sur Joannet.

Ce fut J.-B. Bollenot, ancien juge de paix, commissaire provisoire du Directoire du département de la Côte-d'Or, qui répondit. Il dut constater que Joannet était le beau-frère de Jeanne Lebert, portée au numéro 73 de la liste des émigrés de la Côte-d'Or du 29 nivose, an II ; par suite, Joannet ne peut remplir, d'après la loi du 3 brumaire, aucune fonction administrative, municipale ou judiciaire jusqu'à la paix. Il n'a pas non plus rempli constamment des charges publiques, car il n'a point été nommé aux élections de 1789 et 1790. Il ne peut donc remplir la place de président de l'administration municipale.

Le rapport examine ensuite avec beaucoup de modération et de sagesse la situation du canton.

« Le canton qu'il habite a toujours été dans les plus vives agitations. Deux partis ont prévalu et tour à tour ont donné dans les extrêmes opposés. On a vu même les partisans de l'un passer sans pudeur sous les étendards de l'autre. Ainsi l'on peut assurer que c'est moins le bien public qu'ils ont vu que le droit de satisfaire leur animosité. Le citoyen Joannet étant obligé de quitter sa place, les meneurs vont prévaloir et chercheront à l'écraser. Il n'y avoit qu'un moyen de rétablir l'harmonie dans le canton, c'est de nommer un commissaire du Directoire exécutif étranger à toutes leurs querelles ; le département l'avoit senti et s'est conduit en conséquence ; mais le choix du Directoire est tombé sur un citoyen honnête à la vérité, mais sans caractère qui deviendra l'instrument des passions des autres, de sorte que je me trouverai moi-même dans le plus grand embarras, lorsqu'il faudra que je m'instruise de la vraie situation de ce pays ; il seroit à désirer que, tout en statuant sur la pétition du citoyen Joannet, on pût rémédier aux mouvements que la prépondérance du parti contraire entraînera nécessairement. »

Cette lettre paraît fort sage et elle est d'un homme sensé et impartial. Joannet fut appelé devant l'administration départementale, et, vu la loi, il dut donner sa démission. Il invoqua comme motif ses affaires particulières et la nécessité d'employer tout son temps aux travaux agricoles qui faisaient vivre sa famille. Sa lettre de démission est datée de Dijon du 6 ventôse an IV.

Ses ennemis triomphèrent et pesèrent sans doute sur la nomination de son successeur qui fut Calignon, l'adversaire de Joannet. Il fut nommé a titre provisoire et prêta serment le 9 ventôse.

Le 26 ventôse, eut lieu une nouvelle réquisition de chevaux ; elle fut basée sur le nombre des chevaux du canton. Il y en avait 242 ; soit 147 à Arc, 75 à Arceau, 53 à Couternon, 16 à Bressey, 51 à Remilly. On dut en fournir 8.

Le 4 germinal, l'administration municipale constate sa pénurie qui ressemblait assez à celle du Directoire lui-même au moment de son installation.

A Arc-sur-Tille, l'administration nouvelle n'avait ni bureau, ni sièges, ni cartons, ni registres, ni encrier, ni aucun des instruments nécessaires. Il lui est impossible de remplir les fonctions qui lui sont départies par la loi, tant qu'elle ne sera pas pourvue de ces objets ; elle en réfère au département.

Le 8 germinal, l'administration municipale décide que la fête de la Jeunesse sera célébrée le 10 et elle en arrête le programme. La veille une publication invita les citoyens des deux sexes à assister à cette fête.

La cérémonie commença le 10 à midi ; on s'assembla devant la maison commune. Les agents des différentes communes avaient amené les jeunes citoyens à partir de 16 ans en uniformes et en armes. les gardes nationaux avaient prêté leurs armes pour cette circonstance. Il y eut sans doute une promenade au champ de la Liberté, le renouvellement des serments civiques et des chants patriotiques ; mais le programme détaillé de la fête ne nous est pas donné.

Le 19 germinal, Madénié fait enregistrer au registre des délibérations municipales une lettre qui lui
a été écrite le 7 frimaire précédent par le ministre
de la guerre. Par cette lettre, le ministre l'invitait
à fournir ses états de services, car le premier bataillon de la Côte-d'Or dont il avait fait partie n'a-
vai pas déposé ses archives ; Madénié en conséquence était invité à y suppléer, afin que le ministre
pût prononcer sur sa mise à la retraite.

Que s'est-il passé à Arc de germinal an IV au 1er
germinal an V ? nous l'ignorons : les registres municipaux sont ou muets ou égarés ; les archives ne
nous ont rien livré. Nous supposons qu'après tant
d'agitation il régna dans le village un calme relatif.
Autrement nous aurions trouvé quelques échos des
événements dans les registres du Directoire de la
Côte-d'Or.

Le 1er et le 10 germinal an V, l'administration
municipale du canton fut nommée de nouveau dans
l'assemblée primaire et les assemblées communales. Calignon fut élu président. Les agents nationaux furent pour Arc-sur-Tille Pierre Bourgeot ;
pour Arceau, Limonot ; pour Bressey, Robardet et
pour Remilly, Derivet. Une petite irrégularité
ayant eu lieu dans l'élection de l'agent de Couternon, l'administration nouvelle suspendit cette
élection et en référa au Directoire. Les adjoints
furent Nicolas Bourgeot père à Arc, Perron à Arceau, Baut à Couternon et Jacques Lerat à Remilly.
Le nom de l'adjoint de Bressey n'est pas donné.

Les lois antirèligieuses n'étaient pas du goût des
habitants et cependant, malgré la chute de Robespierre et la fin de la Terreur, elles étaient mainte-

nues ; mais il y avait des résistances dans toutes les paroisses. Ainsi, à Couternon, une croix avait été élevée au cimetière en germinal ; il s'agit sans doute d'une ancienne croix qui avait été restaurée et qui existe encore. Dans la même commune, on sonnait habituellement et journellement la cloche soit pour indiquer l'heure des offices, soit pour annoncer les moments les plus intéressants des cérémonies religieuses comme l'élévation, la bénédiction ; on la sonnait aussi pour les baptêmes, les mariages, les enterrements.

À Arc-sur-Tille, en l'absence de l'agent et à son insu, on a sonné la cloche le 6 et le 9 prairial et encore le 16 pour appeler les fidèles à la messe et aussi pour annoncer l'élévation.

Pour empêcher un pareil crime, l'administration décide que les clefs des clochers et des églises d'Arc et de Couternon seront remises à l'agent qui ne se dessaisira de celles de l'église que pour les assemblées du culte et entre les mains de personnes qui ne puissent en abuser. Quant aux contraventions passées, elles seront dénoncées au juge de paix.

D'une délibération du 30 prairial, il résulte que l'administration municipale s'est désintéressée des troupeaux communs qui existaient autrefois à Arc-sur-Tille. Les habitants se sont groupés, ont formé ce que nous appellerions maintenant un syndicat ou plutôt deux syndicats, car il y en avait deux, chaque syndicat choisit son pâtre, le paie, achète et entretient ses taureaux et se charge de toutes les dépenses nécessaires à l'association. Pour la première fois, depuis 1789, on organisait ainsi une sorte de mutualité.

Une délibération du 29 messidor défend de commencer la moisson avant que l'ouverture en ait été publiée ; on veut empêcher les dégâts causés par ceux qui ont des parcelles enclavées, empêcher aussi de *ramasser les raies* qui doivent être partagées et non profiter à un seul propriétaire, s'opposer au pillage des glaneurs et aussi veiller à ce que le grain soit bien mûr, car la carie sévissait alors sur les blés et on l'attribuait à l'emploi pour les semences de grains imparfaitement mûris.

Vers cette même date, Celse Jacquemard et son cousin François Braud qui tous deux étaient devenus habitants de la commune d'Arceau, renoncent à cet incolat et déclarent qu'ils vont habiter Pontailler.

Le coup d'état du 18 fructidor eut son retentissement jusqu'à Arc-sur-Tille : les élections de la Côte-d'Or furent annulées par la loi du 19 fructidor ; en conséquence le renouvellement partiel des administrateurs du canton fut obligatoire. Deux administrateurs désignés par le sort furent conservés : ce fut Pierre Bourgeot agent d'Arc-sur-Tille et Jean Derivet, agent de Remilly. Ils devaient désigner eux-mêmes ceux qu'ils s'associeraient. Bornier, le commissaire du Directoire, les convoqua le 27 fructidor et ils s'adjoignirent comme président Calignon, comme agent d'Arceau Jean Limonot, de Bressey, Louis Robardet, de Couternon, Marc et pour adjoints à Arc, Nicolas Bourgeot, à Remilly Jacques Lerat, à Couternon Jean Baut. Tous ces administrateurs sont nommés à titre temporaire jusqu'aux prochaines élections.

Les nouveaux administrateurs prêtèrent serment le 1er jour complémentaire de l'an V ; ils jurèrent

haine à la royauté et à l'anarchie, fidélité et attachement à la république et à la constitution de l'an III.

Ils décidèrent que l'anniversaire de la fondation
de la république serait célébré le 1ᵉʳ vendémiaire
an VI, et comme les travaux urgents des champs
avaient empêché de célébrer la fête de l'agriculture,
les deux fêtes seraient simultanément célébrées le
1ᵉʳ vendémiaire. Tous les administrateurs, le juge
de paix et ses assesseurs, son greffier et son huissier,
les instituteurs et leurs élèves assisteraient à ces
fêtes qui se feraient au chef lieu du canton.

Le 1ᵉʳ vendémiaire, on se réunit à la maison
commune d'Arc-sur-Tille, d'où l'on se rendit sur la
place de la liberté ; on y lut la déclaration des devoirs et des droits et on y chanta des hymnes. Les
instituteurs n'avaient pas pu amener leurs élèves,
parce qu'alors les écoles chômaient. Un détachement de la garde nationale, formé de la colonne
mobile avait relevé par sa présence l'éclat de la
fête.

Le 8 brumaire, Bornier fut révoqué de ses fonctions de commissaire du district et fut remplacé
par Charbonnier, ancien défenseur de la patrie. La
nomination de Charbonnier, signée de La Revellière-
Lépaux est du 1ᵉʳ brumaire.

Le 27 brumaire, l'administration municipale ac-
corda un certificat de civisme à Bornier, attesta
que depuis le commencement de la Révolution,
avait toujours donné les preuves les plus éclatantes
du plus pur patriotisme et du plus ardent républicanisme et elle déclare ne pas comprendre la cause
de sa révocation. Cette cause, nous n'avons pu la
trouver ; il n'existe aucune dénonciatton contre

Bornier. Cette révocation serait-elle la suite du rapport du commissaire du directoire près le département dans l'affaire Joannet, rapport dans lequel Bornier était traité d'homme honnête, mais faible ? C'est possible, mais alors on ne suivait guère le désir de Bollenot qui aurait voulu comme commissaire à Arc, un homme énergique et étranger aux partis ; Charbonnier était énergique, mais était du parti de Calignon.

Le 27 brumaire, les gardes nationales renomment leurs chefs. Les trois compagnies d'Arc-sur-Tille s'assemblent séparément pour cette élection sous la présidence de Calignon, de Pierre Bourgeot et de Nicolas Bourgeot.

Le 5 frimaire, Terguet écrit aux administrateurs du canton d'Arc-sur-Tille pour leur dire qu'il est dans le dessein d'exercer le ministère du culte catholique dans la commune d'Arc-sur Tille ; il invite l'administration municipale à recevoir de lui le serment décrété par l'article 25 de la loi du 19 fructidor an V. Il joignait à sa pétition un acte qui prouvait qu'il avait prêté le serment prescrit par la loi du 7 vendémiaire an IV et il déclarait qu'il n'avait jamais ni rétracté ni modifié ce serment.

C'est la troisième pétition que Terguet faisait. Dans la première du 8 vendémiaire an IV, il demandait aux administrateurs du canton de l'autoriser à faire devant eux sa soumission exigée par la loi du 7 vendémiaire an IV et du 19 fructidor an V. L'administration municipale avait répondu que le bruit public accusant Terguet d'avoir rétracté son premier serment, il devait être d'abord entendu sur cette rétractation.

Il comparut le 17 vendémiaire devant les administrateurs du canton.

On lui demanda d'abord s'il avait rétracté son
premier serment. Il répondit qu'aucune loi ne l'ayant
obligé à le rétracter, il ne l'avait pas fait ; que
d'ailleurs s'il avait cru devoir le rétracter il l'eut
rétracté devant les administrateurs du canton ou
ceux du département.

On lui déclara que cependant certains faits semblaient prouver qu'il l'avait rétracté. Il aurait dit
à plusieurs personnes que, pendant sa détention
au séminaire de Dijon, il avait subi une pénitence
longue et dure pour obtenir l'absolution du crime
qu'il avait commis en prêtant serment. Il aurait
écrit cette rétractation de serment, remise à l'ex-
capucin Lachèze qui fut arrêté et sur qui l'on trouva
la dite rétractation. Il aurait refusé de continuer
l'exercice du culte à Remilly, parce que cette commune n'est pas du diocèse de Chalon (1).

Il aurait exigé de François Bourgeot pour le marier une dispense de l'évêque de Chalon. Il aurait
à Arc-sur-Tille employé le catéchisme de Chalon
et à Arceau, celui de Dijon pour l'instruction reli-
gieuse des enfants. A la suite de la loi du 19 fructidor dernier, il dévalisa l'église, puis en apporta
les clefs à l'agent de la commune en disant qu'il ne
voulait plus en faire usage. Pourquoi ne s'est-il pas
hâté de prêter le serment exigé ? Loin de là, il est
allé d'abord à Chalon consulter les préposés de
l'évêque et ce n'est qu'après son retour qu'il de-

(1) La constitution du clergé avait supprimé les circonscriptions dio-
césaines et établi un évêché par département. Avant la Révolution, Arc-
sur-Tille était du diocèse de Chalon, tandis que Remilly était du diocèse
de Dijon.

mande à prêter le serment. Enfin pourquoi, avant d'avoir prêté le serment, a-t-il rempli les fonctions du culte ?

Il a répondu que la constitution de l'an III ne reconnaissant plus de religion, plus d'évêque, plus de curé, il était retourné à la religion de ses pères, c'est-à-dire à la religion catholique, ce qui avait fait dire qu'il s'était rétracté, mais que c'était faux. S'il n'a pas accepté d'aller à Remilly, sa santé s'y oppose ; d'ailleurs s'il n'y est pas allé les dimanches et les fêtes, il y est allé toutes les fois qu'on le lui a demandé et il n'a pas cessé d'y administrer les sacrements.

S'il a refusé de marier Bourgeot, c'est que sa future femme lui était parente au deuxième degré, et qu'il n'a pas voulu prendre sur lui de les marier sans avoir consulté. S'il a employé deux catéchismes différents à Arceau et à Arc-sur Tille, c'est qu'il a voulu éviter aux enfants un surcroît de travail et il leur a maintenu le catéchisme qu'ils avaient appris précédemment. Quant à sa conduite après la loi de fructidor, elle prouve au contraire son entière soumission aux lois, puisqu'il a remis les clefs de l'église à l'agent jusqu'au moment où il aurait prêté serment ; qu'il n'avait d'ailleurs enlevé de l'église que des objets qui lui appartenaient. Il était allé à Chalon, il est vrai, mais pour ses affaires et non pour voir les préposés de l'évêque. Enfin il a dit qu'il n'avait pas rempli les fonctions de son ministère, puisque depuis qu'il avait remis les clefs à l'agent, il n'était pas entré dans l'église.

On lui demanda alors si le 14 ou le 15, il n'avait pas baptisé un enfant de Martin Bourgeot. Il l'avait baptisé en effet, mais ce n'était pas là un acte nécessaire du ministère du prêtre, puisque le premier venu, une femme, un enfant peuvent baptiser.

A la suite de cet interrogatoire, l'administration municipale déclara qu'il n'existait dans ses registres ni dans ses minutes aucun arrêté qui fît mention de la prestation de serment de Terguet, prescrit par la loi du 7 vendémiaire an IV, mais que le citoyen Bourgeot, agent de la commune affirmait que ce serment a été prêté ; que quant à la rétractation du premier serment de Terguet, elle ne pouvait fournir d'autres renseignements que ceux qui résultent de son interrogatoire. Elle concluait qu'elle était d'avis que Terguet fût admis à prêter le serment.

Cet avis était adopté malgré l'avis de Calignon qui fit une longue protestation.

Les prêtres ont une grande influence dans les campagnes, dit-il, et c'est avec justice que les autorités supérieures les ont soumis à l'examen des administrations municipales, afin que ceux qui sont contraires au gouvernement républicain puissent être exclus. Peut-on admettre à l'exercice des fonctions du culte un homme tel que Terguet connu pour un ennemi du régime républicain ? Toutes les fois qu'il a cru ses intérêts lésés, il s'est opposé à l'exécution des lois. On se rappelle sa conduite dans l'affaire de l'argenterie ; il a été en lutte avec la société républicaine qui dévoila sa conduite dans un mémoire imprimé auquel il n'a pas osé répondre. Il paraît établi qu'il a rétracté son premier serment entre les mains de l'ex-capucin Lachèze. D'ailleurs il s'en est fait un mérite auprès des fanatiques d'Arc-sur-Tille et leur a raconté les circonstances de la pénitence qu'il a subie à ce sujet. Enfin Calignon s'efforce d'établir que les réponses mêmes de Terguet sont sa condamnation. Qu'est-ce que ce soi-disant retour à la religion de ses pères ? Qu'est-ce que cette hésitation à prêter le serment exigé par la loi du 19 fructidor ? Ne cherche-t-il pas à jeter le trouble dans les familles au sujet de mariage entre parents ? A-t-il prêté le serment exigé par la loi du 7 vendémiaire ? Les preuves qu'il en donne ne paraissent pas suffisantes ? etc., etc...

Terguet avait bien prêté tous les serments exigés par les lois : le 23 janvier 1791 le serment constitutionnel ; le 23 septembre 1792, le serment de liberté et d'égalité ; le 9 janvier 1796 (19 nivôse, an IV), le serment de soumission ; le 10 octobre 1797 (18 vendémiaire, an V), le serment de la haine à la royauté. Mais, malgré sa dénégation, il s'était bien rétracté au séminaire et il avait été réhabilité le 24 décembre 1793. On voit qu'il n'avait pas eu la dignité d'avouer et de maintenir sa rétractation. On peut déplorer sa faiblesse, l'excuser peut-être aussi à cause de la peur que lui inspirait la révolution et la nécessité où il s'est vu de sacrifier certaines convictions pour soutenir sa famille qui était sans fortune. Il possédait à Arc-sur-Tille la maison qui appartient aujourd'hui à M. Benoît-Maréchal et où moururent le 27 prairial an V sa mère Charlotte Beaufort et en 1824, sa sœur, Marguerite Terguet, veuve Gouget. Lui-même se réconcilia avec l'Eglise, fut nommé curé de Lantenay en 1803, mais il n'accepta pas ; il partit pour Versailles, fut admis dans le clergé du diocèse par l'évêque, Mgr Charrier de la

Roche, devint curé de Fontenay-le-Fleuri, puis du Chesnay où il mourut le 21 septembre 1815.

Le 4 nivose, la garde-nationale sédentaire s'assembla en armes devant la maison commune. L'administration municipale accompagnée du commissaire du Directoire se transporta à la tête du bataillon ; l'agent d'Arc-sur-Tille, remplaçant le président absent fit reconnaître le nouveau chef du bataillon, Denis Richard qui, à son tour, fit reconnaître les officiers dans leurs compagnies respectives.

Le 18 nivôse, François Briseville fut nommé messager d'Arc-sur-Tille moyennant 150 fr. de gages. Il devait trois fois par décade, les tridi, sextidi et décadi, porter à Dijon les dépêches de l'administration municipale, du commissaire du Directoire et du juge de paix ; il devait prendre ces dépêches à leur domicile et y rapporter de même celles qu'il trouverait à leur adresse. Il portait aussi aux agents, adjoints, officiers de la garde nationale et aux particuliers, toutes lettres de convocation, les réquisitions, etc., de l'administration dans l'intérieur du canton. Enfin, pour éviter que les lettres particulières s'égarent ou soient ouvertes par ceux à qui on les confie, il les apportera lui-même et paiera les ports au bureau de poste.

C'est la première organisation d'un service postal pour Arc-sur-Tille.

Le 25 nivôse, une grande battue aux loups fut exécutée dans toutes les forêts qui environnent Arc-sur-Tille, de Fouchanges à la route de Mirebeau et au chemin de Belleneuve ; puis de ce chemin à la route de Pontailler, et enfin de cette route à

Remilly. On avait mis en mouvement les gardes mobiles d'Arceau pour le premier cantonnement, d'Arc-sur-Tille et de Couternon pour le second, de Remilly, Vaux-sur-Crosne et Bressey pour le troisième, et de plus un citoyen par feu dans chaque village ; ceux qui se seraient absentés auraient été punis de 24 fr. Les directeurs de la battue avaient désigné ceux qui devaient être armés de fusils ; les autres avaient des épieux ou des fourches de fer.

Le 2 pluviôse an VI, une grande fête est célébrée. La paix de Campo-Formio avait été conclue peu auparavant, on l'annonça solennellement. Tous les fonctionnaires du canton étaient convoqués et devaient se joindre à l'administration municipale. On devait célébrer en même temps la mort du dernier des tyrans et renouveler le serment de haine à la royauté. La réunion eut lieu dans la salle des délibérations à 10 h. du matin. Le serment de haine à la royauté fut solennellement prêté en présence de trois escouades de la garde nationale et d'un assez grand nombre de citoyens qui applaudissaient aux cris de : Vive la république ! Le cortège se rendit ensuite sur la place de la Liberté où le traité fut publié ; c'était la paix avec le pape, l'empereur et le margrave de Bade, et un traité d'alliance offensive et défensive avec le roi de Sardaigne. On n'était plus en guerre qu'avec l'Angleterre.

D'après la loi du 18 fructidor an VI, les administrations devaient être renouvelées et on devait nommer de nouveaux électeurs. Le nombre des citoyens votants étant de 599, l'assemblée primaire nommerait 3 électeurs ; les électeurs nommés en l'an V, Calignon, Jean Bornier, et Pierre Celse-Jacquemard n'étaient pas rééligibles. Le juge de paix et ses assesseurs ayant fait leurs deux ans, seraient remplacés, mais ils étaient rééligibles. Enfin le président de l'administration devait être réélu, car celui qui avait été élu en l'an IV aurait fini son service et celui qui l'avait remplacé n'avait été nommé qu'à titre provisoire.

Toutes ces élections devaient se faire dans l'assemblée primaire.

Les assemblées communales d'Arc-sur-Tille et de Remilly devaient nommer chacune un agent pour deux ans, attendu que les agents actuels avaient fait leurs deux ans, et un adjoint pour un an, parce que l'élection de l'année dernière avait été annulée par la loi du 19 fructidor.

Pour les mêmes causes, les assemblées d'Arceau, de Bressey, et de Couternon élisaient chacune un agent pour un an et un adjoint pour deux ans. Les agents et les adjoints étaient rééligibles.

L'un des électeurs nommé fut Charbonnier, car le 19 germinal celui-ci, devant se rendre à l'assemblée primaire, est remplacé par Calignon dans ses fonctions de commissaire du Directoire, pour la durée de la session de l'assemblée primaire.

Le 30 germinal, les fonctionnaires nommés précédemment prêtent serment. C'est d'abord Jean Lerouge, le nouveau juge de paix et trois de ses assesseurs pour Arc-sur-Tille : Jacques Richard, Pierre Andriot, Simon Meulnotte. Le quatrième, Charles Curot aîné ne se présente pas et envoie sa démission, parce que sa surdité ne lui permettrait pas de remplir ses fonctions. Les assesseurs des autres communes prêtent aussi le serment. Puis c'est le tour de Jacques Richard, président de l'administration, de Nicolas Bourgeot, adjoint, ainsi que les agents et les autres adjoints des autres communes. Martin Bourgeot, agent d'Arc-sur-Tille, n'a point paru.

Le 3 floréal, Martin Maître remplace Martin Curot comme assesseur du juge de paix et prête serment. Le même jour, Martin Bourgeot envoie sa démission d'agent : Il Invoquait la loi qui s'oppose à ce qu'un fils succède à son père dans une fonction avant deux ans ; on nomma agent temporaire jusqu'aux prochaines élections Charles Pierre Madénié qui accepta. Jacques Richard donna sa démission de trésorier et fut remplacé par Pontiaut-Panarioux.

On décida alors que les séances ordinaires auraient lieu tous les décadis et que le décadi prochain on célébrerait la fête des Epoux ; un vieillard choisi dans chaque commune serait invité à y assister avec ses enfants et petits-enfants.

Elle fut célébrée le 10 germinal ; elle ressemble à toutes les autres : cortège de fonctionnaires escortés de la garde nationale, rendez-vous sur la place de la Liberté, discours « analogues aux circonstances, » chants d'hymnes patriotiques, cris de : Vive la République ! Retour à la maison commune et signature du procès-verbal.

Le 30 floréal, Panarioux donne sa démission de trésorier et est remplacé par Calignon.

Le 10 prairial, on célébra la fête de la Reconnaissance et des Victoires. On avait invité tous les fonctionnaires et tous les militaires blessés qui étaient en congé.

On se réunit à 9 heures du matin dans la salle des délibérations. Le cortège se mit en marche dans l'ordre suivant :

Un détachement de la garde nationale sédentaire.

Les militaires blessés à la défense de la patrie.

Les pères et mères qui ont fourni le plus de défenseurs.

L'administration municipale.

Les adjoints.

Le secrétaire et le trésorier.

Le juge de paix, accompagné de ses assesseurs, précédé de son huissier et suivi de son greffier.

Les instituteurs primaires.

Enfin un détachement de la garde nationale sédentaire.

On se rend à la place de la Liberté en passant par la rue au Lard, et, au champ de la Liberté, on prend place autour de l'autel de la patrie. Lecture est donnée des noms des citoyens du canton qui consacrent leur vie à la défense de la patrie ; on rappelle les noms de ceux qui ont péri glorieusement pour la liberté ; on remet une palme à chacun des militaires blessés présents et on proclame leurs noms. On appelle ensuite les pères et mères des soldats au service ; ils étaient accourus nombreux, et « ils ont reçu avec sensibilité le témoignage de gratitude qui leur a été donné au nom de la république ». Le cortège se reforme ensuite et revient à la maison commune par la rue de la Rigole.

Le reste de la journée se passa en jeux et en danses.

Les fêtes républicaines amèneront plutôt un sourire par leur cérémonial enfantin comme nous le verrons dans les fêtes suivantes. Cependant cette fête de la reconnaissance était une heureuse institution : rappeler les noms des citoyens morts en combattant, exalter l'honneur de ceux qui servaient encore, remercier ceux qui étaient blessés, donner une marque de gratitude aux parents, c'était fait pour enthousiasmer les jeunes cœurs et exciter de nouveaux dévouements.

Les loups devaient être nombreux et causer bien des ravages, car une nouvelle battue fut organisée le 15 prairial. On réquisitionna 320 gardes nationaux dont 80 armés de fusils et les autres de pieux et de fourches. Arc-sur-Tille fournit 30 chasseurs et 90 citoyens armés de bâtons. Le rendez-vous commun était à Arc-sur-Tille sur la place de la mairie, à 5 heures du matin ; les agents devaient s'y trouver avec les habitants de leurs communes. De là on se rendit au lieu de la battue.

Cependant le calendrier républicain était mal observé : les habitants ne célébraient pas volontiers les décadis et la plus grande partie continuaient à célébrer le dimanche. D'après les lois en vigueur, la municipalité essaya de réagir. Tous les citoyens furent invités à suspendre leurs travaux le jour de la décade. La permission de déposer des fumiers ou des matériaux sur la voie publique serait retirée à ceux qui ne se rendraient pas à cette invitation. Défense fut faite aux charpentiers, maçons, couvreurs et autres ouvriers de travailler sur la voie publique le jour de la décade sous peine d'amende.

Les instituteurs primaires étaient tenus d'ouvrir leurs écoles tous les jours sauf les décadis, les quintidis et les fêtes nationales.

Les jeux de quilles et les danses sont prohibés tous les jours sauf le décadi. Les cabaretiers et aubergistes sont tenus d'ouvrir leurs jeux de quilles et leurs salles de danse le décadi seulement, et de les fermer les dimanches et les jours de fête de l'ancien calendrier, sous peine de voir leurs établissements fermés.

Cet arrêté fut publié au son du tambour par les agents eux-mêmes, escortés par une escouade de la garde.

Le 10 messidor, on célébra la fête de l'Agriculture. On avait réuni 9 laboureurs d'Arc-sur-Tille, 6 d'Arceau, 2 de Bressey, 3 de Couternon et 4 de Remilly, 24 en tout, choisis parmi les plus anciens et les plus recommandables par la constance et le succès de leurs efforts et par leur intelligence des choses agricoles. Chacun de ces laboureurs tenait d'une main un instrument agricole et de l'autre un bouquet de fleurs et d'épis.

L'administration précédée des laboureurs et escortée d'un détachement de la garde nationale sédentaire, se rendit sur la place de la liberté. Tous les fonctionnaires du canton, un grand nombre de citoyens et de citoyennes, toute la garde nationale, étaient rangés autour de l'autel de la patrie. Devant l'autel était placée une charrue ornée de feuillage et attelée de 6 chevaux.

L'administration, ayant pris place, proclama le nom du citoyen Jean Curot, père, laboureur à Arc-sur-Tille, dont l'intelligence, la bonne conduite et l'activité méritaient d'être proposées comme exemple, le président le couronna d'une couronne d'épis et le fit placer à côté de lui pendant toute la cérémonie.

Le commissaire du Directoire prononça un discours en rapport avec la fête.

Ensuite le cortège se mit en marche au son de la musique interrompue par les sonneries de tambours. On arriva dans un champ appartenant à Calignon. On fit halte. Un roulement fut commandé et les 24 laboureurs se mêlant aux gardes nationaux échangent leurs outils contre les fusils de ces derniers. Les fanfares sonnent et le président trace un sillon de charrue, après quoi laboureurs et gardes nationaux reprennent les uns leurs outils, les autres leurs fusils.

On revient au champ de la liberté. Là, le président et le laboureur couronné recoivent les outils des 24 laboureurs, les déposent sur l'autel de la patrie et les couvrent d'épis et de fleurs. On chanta des hymnes patriotiques et le cortège revint à la maison commune. Après quoi, les danses commencèrent.

Le 3 thermidor, le Directoire du département écrit à l'administration municipale pour se plaindre des prêtres qui arrivent à s'immiscer dans les affaires publiques par leurs rapports avec les agents. Il est nécessaire de les tenir en surveillance. Les administrations municipales devront recueillir toutes les preuves de la rétractation que ces prêtres auraient pu faire de leurs serments. Quant à Terguet il devra sous 10 jours venir résider au chef-lieu du département.

L'administration d'Arc-sur-Tille répondit que Terguet était parti pour Paris.

On célébra ensuite les fêtes des 9 et 10 thermidor, puis la fête du 10 août, célébrée le 23 thermidor. C'était la chute de la Royauté. On se rendit au champ de la Liberté avec le cérémonial ordinaire. Le président rappela au peuple l'histoire abrégée du 10 août, puis il suspendit à l'arbre de la Liberté une pancarte sur laquelle on lisait :

« Au 10 Août !

« Honneur aux braves qui renversèrent le trône ! Les François ne reconnoissent plus d'autres maîtres que les Loix. »

L'instituteur prit l'engagement solennel de n'inspirer à ses élèves que des sentiments républicains, du respect pour les vertus, les talents, le courage et de la reconnaissance pour les fondateurs de la république.

On chante ensuite le Chant du Départ.

La même cérémonie avait lieu dans chaque commune du canton ; puis de chacune de ces communes, le cortège se dirige au chef-lieu de canton. On se réunit devant la maison commune et on se rend au lieu des jeux. Les prix destinés aux vainqueurs des jeux étaient portés en avant.

On tira d'abord à la cible : Laurent Frémy, natif de Denoux (Meuse) remporta le premier prix et reçut une couronne de fleurs et une paire de boucles d'argent.

Le vainqueur du jeu de quilles fut Jean-Baptiste Guillemin, d'Arc-sur-Tille, qui reçut une couronne de fleurs et un mouton orné de bandelettes tricolores.

Viennent ensuite les courses à pied ; les coureurs furent divisés en 3 pelotons ; chaque peloton fournit un premier coureur ; les trois premiers coureurs concoururent à nouveau et Laurent Frémy, une seconde fois vainqueur, reçut une couronne et un mouchoir d'indienne offert par Madénié.

La journée se termina par des danses.

Dans la séance du 10 fructidor an VI, la municipalité arrêta que le payeur général du département paierait à Terguet la somme de 125 fr. en numéraire le quart de sa pension pendant les six derniers mois. Terguet continuait donc à recevoir une pension de 1.000 fr. par an.

Le même jour, Claude Raymond Brullebaut, âgé de 21 ans, se présenta devant l'administration et manifesta son désir de servir la patrie. L'administration le félicita de son dessein généreux de se consacrer à la défense de la patrie et décida qu'on lui délivrerait une route pour se rendre à la 78me demi-brigade.

Ce même jour, on célébra la fête de la Vieillesse. Dès le matin des jeunes gens désignés par l'administration s'étaient rendus au domicile des vieillards choisis à l'unanimité des suffrages, et ils avaient orné leurs portes de guirlandes de feuillage.

A 2 heures après midi, l'administration municipale, les adjoints et les membres de la justice de paix précédés et suivis d'escouades de la garde nationale se sont rendus à la rue de la Cras chez le citoyen Germain Thibaut, âgé de 76 ans, l'un des vieillards désignés. Ils y ont trouvé la citoyenne Bartet, veuve de Louis Bernard et le citoyen François Bartet, tous deux de Remilly également choisis. La citoyenne Pierrette Utinet (82 ans), veuve de Louis Galand, s'était rendue à la même invitation. Le cortège se mit en marche; il était ouvert par

des détachements de la garde nationale, précédés
de tambours ; venaient ensuite le juge de paix et
ses assesseurs, puis des musiciens; puis quatre jeunes épouses, vêtues de blanc et décorées de rubans
tricolores, portaient des corbeilles de fleurs et de
fruits ; les quatre vieillards venaient ensuite en-
tourés d'une escorte d'enfants, garçons et filles, de
8 à 12 ans ; enfin l'administration les adjoints et les
employés et un détachement de la garde nationale
pour fermer la marche.

Arrivés sur la place d'armes, les vieillards se sont
placés sur une estrade élevée au pied de l'arbre de la
liberté ; les enfants ont pris place sur les gradins
de l'estrade. Un membre de l'administration a exposé le but moral de la fête, puis le président a
posé une couronne sur la tête de chaque vieillard
aux acclamations réitérées de la foule. Les vieillards reçurent alors de la main des jeunes épouses
les corbeilles de fleurs et de fruits. On chanta
l'hymne de la liberté et le cortège revint à la maison
commune.

Le 23 fructidor, Terguet prévient qu'il va habiter
Paris et demande sa radiation sur les registres municipaux d'Arc-sur-Tille.

Le 2 pluviôse an VII (21 janvier), nouvelle fête
républicaine. La totalité du bataillon de la garde
nationale est sous les armes, en face de la maison
commune. Le cortège s'ébranle au son des tambours
et de la musique et se rend au Temple décadaire.
L'hymne de la liberté est exécuté : « Mille voix ont
répété le refrain avec enthousiasme. La faiblesse de
l'organe du président ne lui permettant pas de se
faire entendre, il a été suppléé par le commissaire

du Directoire qui a prononcé un discours analogue aux circonstances ».

Tous les fonctionnaires répètent le serment de haine à la royauté et le signent sur un régistre spécial. La musique exécute des airs patriotiques ; Çà ira ! — Veillons au salut de l'empire. — Le Chant du départ. « La cérémonie a été terminée par le *Chant de la Côte-d'Or*, renfermant une invocation à l'Être suprême et des imprécations contre les parjures ».

Plusieurs fonctionnaires n'avaient pas assisté à cette fête, entre autres Madénié, qui, d'ailleurs négligeait ses fonctions. L'administration municipale lui écrivit le 8 pluviôse, pour lui demander des explications : il n'avait, depuis 12 décades assisté à aucune séance, à aucune réunion décadaire, il n'avait rédigé aucun acte de l'état civil, n'avait fait aucun procès verbal comme commissaire de police ; enfin il « ne s'est point trouvé à la fête commémorative de la juste punition du dernier des tyrans ». On lui demandait de s'expliquer dans les 24 heures.

Madénié répondit plutôt avec violence : « La cause (de ses absences) en est par les dégoûts que j'ai eu de voir que vous aviez la faiblesse de vous laisser dicter vos arrêtés par un homme dont l'ambition et l'orgueil porte à vouloir tout être et je vous assure que le plus que je peux m'exempter de voir un pareil homme, mon cœur n'en est que plus heureux».

De quel homme veut-il parler ? Il ne semble pas que ce soit de Calignon, son ancien ennemi, dont le rôle était plutôt effacé, et dans la municipalité nouvelle il n'y avait guère que Charbonnier qui pût s'être attiré la haine de Madénié.

Pour la rédaction de l'état civil, il devait en son absence et d'après la loi être suppléé par l'adjoint.

Quant à l'anniversaire de la mort du roi, « j'étais parti ,dit-il, deux jours avant cette fête pour des affaires d'intérêt que je n'ai pu terminer aussitôt que je croyois, ce qui m'a assez peiné, car je vous assure que malgré la répugnance que je pouvais avoir de me trouver avec certaines personnes, j'en eus fais le sacrifice de bon cœur pour célébrer la chute d'un tyran, d'un ambitieux, d'un traître et d'un Roy, car tous ceux qui sont doués de ces qualités, si l'on peut les qualifier ainsi sont des monstres à mon cœur. »

A sa lettre, il joignait sa démission.

L'administration municipale saisit aussitôt le District de ce fait. Elle déclare qu'elle a voulu rappeler Madénié à son devoir et que celui-ci lui répond par des injures.

« Le citoyen Madénié nous fait des reproches de faiblesse, nous ne croyons pas qu'il ait montré beaucoup de courage en abandonnant son poste. Au surplus la faiblesse de l'administration a été de l'appeler à des fonctions qu'il n'a pas remplies..... Aux reproches faits au citoyen Madénié, nous ajouterons qu'il est peu ami du gouvernement. Administrateur, il est loin de prêcher l'obéissance aux loix : *celle du 22 floréal a exclu les vrais patriotes du corps législatif ; la taxe d'entretien des routes est un impôt odieux... etc...*, tels sont les propos qu'il se permet habituellement. »

Elle rappelle ensuite dans quelles conditions Madénié a quitté l'armée : « Nous lui avons donné l'inscription civique au mois de ventôse an IV sur

un passeport qui lui avoit été délivré par l'administration municipale de Dijon et nous n'avons pas
exigé la représentation de son congé, sachant surtout qu'il n'était pas de l'âge de la réquisition.
Les congés de tous les ex-militaires de ce canton
ayant été revisés, il n'a exhibé que la pièce dont
nous vous envoyons copie. Nous avons quelque
raison de penser qu'il a quitté le service sans aucune autorisation (1). »

Le district donne l'ordre de procéder au remplacement de Madénié ; Nicolas Bourgeot adjoint fut
nommé et il fut remplacé comme adjoint par
Adrien Heudelot.

Permain, adjoint d'Arceau, avait dû donner aussi
sa démission pour n'avoir pas assisté à la fête du 2
pluviôse. — Il fut remplacé par Antoine Moreau
d'Arcelot.

(1) Madénié n'arriva pas en effet à faire régler sa pension de retraite,
ce qui semble indiquer que sa situation était irrégulière ; nous ne-
voyons pourtant pas qu'il ait été inquiété.

VII

LE CONSULAT

Dans les derniers incidents que nous avons ex-
posés, il n'est plus guère question que des fêtes : la
vie municipale disparaît entièrement. Nous ne trouvons plus les passions ardentes et les violentes divisions des premières années. A partir du consulat
et sous l'empire, c'est presque le silence dans la
municipalité ; on trouve des noms, mais peu d'actes.

Le 22 germinal de l'an VIII, le Préfet de la Côte-
d'Or fait connaître à l'administration municipale
l'installation des sous-préfets. C'est un nouvel ordre qui commence. La commune cantonale dispa-
raissait et les anciennes communes allaient reprendre leur personnalité. Les arrondissements remplacèrent les districts ; le nombre des chefs-lieux
de canton allait être diminué et Arc-sur-Tille ne
sera bientôt qu'une commune ordinaire. L'administration municipale du canton doit en conséquence
se déclarer dissoute.

Le 27 floréal, Adrien Mongin faisant fonction de
maire provisoire, reçut Jean Calignon qui lui remit
sa nomination de maire de la commune. Mongin lui
fit prêter serment et l'installa dans ses fonctions de

maire. Le 16 prairial, Charbonnier fut installé comme adjoint.

La fête du 14 juillet fut célébrée avec le cérémonial habituel et le 1er vendémiaire le serment fut prêté solennellement par la municipalité et tous les fonctionnaires.

Le 27 brumaire Nicolas Bourgeot remplaça comme adjoint Charbonnier démissionnaire.

Le 20 germinal, on proclama la paix de Lunéville. Le cortège était formé du maire, de l'adjoint, du juge de paix avec ses assesseurs, de l'instituteur primaire, du chef de bataillon de la garde sédentaire et d'un capitaine qui commandait un détachement de la garde nationale. La proclamation se fit devant la maison commune, sur la place de la Liberté et sur la place de la Fédération (place de l'Eglise).

Le 18 brumaire, on publia solennellement la paix avec l'Angleterre. C'est le dernier acte de la Révolution. La République va faire place à l'Empire.

Me voici arrivé au terme du récit que je m'étais proposé de faire. Aurai-je intéressé mes lecteurs ? Aurai-je fait revivre cette époque troublée et curieuse de notre histoire locale qui commence à être bien oubliée par les générations nouvelles, mais dont ont été bercées les jeunes années de mes contemporains ? Je le souhaite.

Faut-il regretter la Révolution ? Il faut sans doute déplorer les violences inutiles, les excès de tout genre qui ont été commis ; mais avec les idées nouvelles qui s'étaient formées au XVIIIe siècle, il fallait qu'un cataclysme secouât la vieille société pour que, sur les ruines, il s'élevât une société nouvelle.

Les esprits modérés eussent préféré une évolution, c'est une révolution qui s'est produite ; mais une évolution était-elle possible ? Les privilégiés étaient si nombreux, si puissants, que le roi lui-même n'eût pas réussi à leur faire abandonner leurs privilèges. Plus d'un siècle a passé et la crise n'est pas finie : le calme n'est pas encore revenu : nos divisions, préparées par les idées révolutionnaires, dureront longtemps encore. Toutefois Arc-sur-Tille s'est développé et a prospéré ; la misère y a disparu ; il n'est plus question de famine ; une aisance relative y règne et l'on peut affirmer que la vente des biens nationaux a contribué beaucoup à cette situation. Sans doute ces biens ont été enlevés violemment à leurs légitimes possesseurs ; mais les sages lois de la Restauration ont indemnisé ces derniers et donné la sécurité aux nouveaux possesseurs. L'Eglise seule reste dépouillée, car la loi de séparation n'a tenu aucun compte des promesses de l'Assemblée constituante ; mais l'Eglise est comme Dieu, *patiens quia æternus* ; l'Eglise aussi est patiente, parce qu'elle est éternelle ; l'avenir réparera aussi sans doute à son égard les injustices du passé.

Aujourd'hui les luttes qui ont divisé nos ancêtres en 1789 sont bien oubliées : c'est à peine si l'on connaît encore les noms des militants. Presque tous d'ailleurs appartenaient à la petite bourgeoisie et étaient étrangers au village. Depuis longtemps Terguet, Joannet, Marchant, Bernard et leurs familles ont disparu. Calignon avait fait souche au village par les Moreau et Charbonnier par les Lerouge ; les uns après les autres, ils ont disparu à leur tour, et quand on réfléchit à ces querelles ardentes, à ces dénonciations sans cesse renouvelées qui ont failli coûter la vie à Terguet et à Joannet, on se demande pourquoi les hommes sont si peu sages de se détester ainsi, car, après quelques années, que reste-t-il d'eux ? quelques grains de poussière.

C'est la pensée qui m'obsède en terminant ce travail ; mais aussi je me sens plein d'amour pour cette terre qui a été fertilisée par les sueurs de nos ancêtres, pour cette terre où ils ont aimé, où ils ont souffert comme nous ; plein de respect pour ce cimetière où depuis près de cinq siècles, ils confondent leurs cendres. Qu'ils aient été amis ou ennemis pendant leur vie terrestre, ce qui reste d'eux est réuni dans le même néant temporel ; mais dans leur patrie nouvelle, débarrassés des passions d'ici-bas, éclairés des lumières de la vérité, ils doivent vivre dans la fraternité de leurs âmes, mépriser leurs luttes terrestres et avoir un regard de pitié affectueuse pour leurs descendants qui suivent leur sillage, vivent peut-être de la même vie et souffrent des mêmes divisions.

Domois-Dijon. — Union Typographique.

www.ingramcontent.com/pod-product-compliance
Lightning Source LLC
Chambersburg PA
CBHW061502030726
47503CB00005B/1780